九歌少兒書房
www.chiuko.com.tw

啟程吧！玫瑰公主號

鄒敦怜◎著
劉彤渲◎圖

名家推薦

張子樟（臺北教育大學教授）：

在講述故事時，作者把現在過去揉和一起。全文重心在於敘述者父親對船隻與海洋的愛戀，中間又涉及父親與祖父之間對出海一事的歧見與衝突。父親即使回歸陸地，仍然念念不忘大海的一切。於是，造船成為一種愛的轉移與投射。先是「我」與同學利用保特瓶造船圓夢，接著父親又託人造了一艘紀念愛妻的「玫瑰公主號」。全文洋溢親情之愛。作者同時告訴我們，唯有不朽的親情才能解開父子的心結。敘述稍嫌冗長。

黃秋芳（少兒文學名家）：

用一段又一段不同時空的纏連牽繫，表現出寬闊的人生骨架，透過扎實、專業的描述細節，精細地完成一幅百工參與的現實彩繪，突顯出人和人之間必須相互滲透、補足的「感性需要」和「理性必要」。收尾不落俗套，那麼多的慎重準備都落空了，這些脫走計畫的「不圓滿」，反而襯出一種平凡人生的小小滿足，讓人動容。

目錄

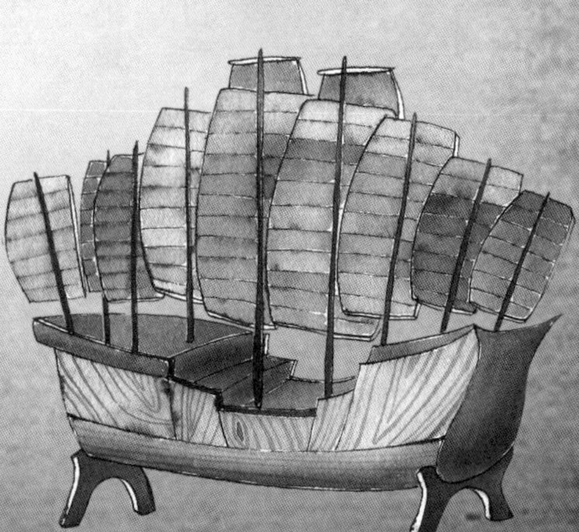

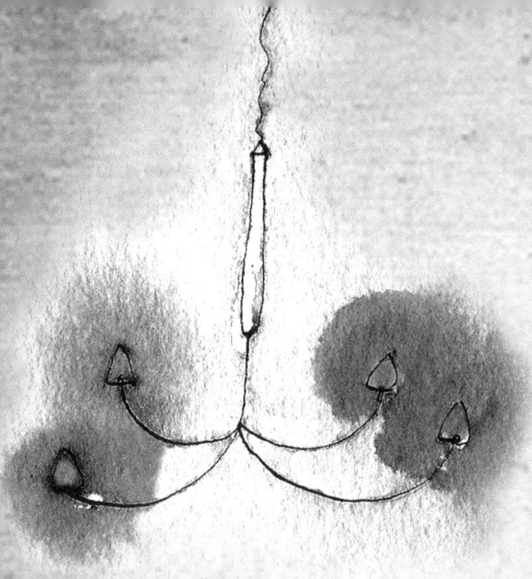

1

古鏡書屋

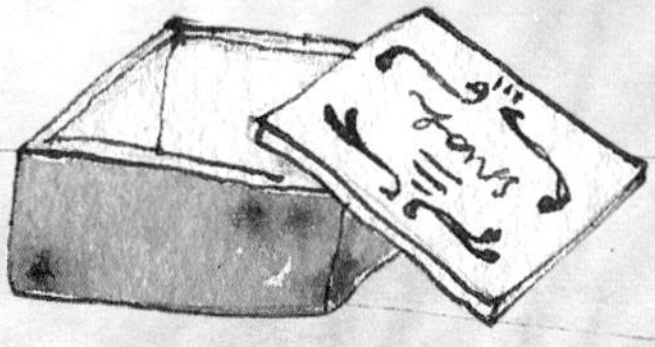

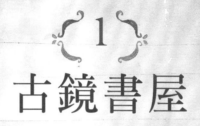

下午四點，陽光還是亮晃晃的，我跟同學道別，走進大巷子，再轉進小巷子，我看到我們家的「古鏡書屋」的招牌。這塊招牌是爸爸自己做的，把一塊海邊撿來的漂流木剖成兩片，磨光比較平整那一面，再用木頭細枝拼成「古鏡書屋」那幾個字。我還記得，爸爸一邊做一邊問媽媽好不好看……那一天，也是這麼一個陽光遍灑的日子。

推門進到裡頭，跟往常一樣，有幾個熟客在這裡喝咖啡。我們家的「古鏡書屋」已經有兩年多了，雖然只賣咖啡、二手書和古董，但因為裝潢很有特色、咖啡很吸引人、老闆跟客人總有聊不完的話題，所以漸漸的打響了名聲，好幾個旅遊雜誌都曾介紹過。許多人都說，經過爸爸的手沖泡出來的咖啡，就是不一樣。他們即使來到店裡，買爸爸自己烘焙的咖啡豆，都會這麼說：「你是怎麼泡的？為什麼你的咖啡特別好喝？你該不會留了一手什麼祕訣沒告訴我們？」他們說著說著，總是為屋子點燃一串爽朗的笑聲。這些熟客一星期來好幾次，他們說自己已經上癮了。情願花很多時間，穿過大街小巷，來到這個只有小小招牌的地方喝咖啡。看到我，好幾個人抬頭對著我微笑，爸爸正在清洗東西，也說了一聲：「小舫，你回來啦？」

我跟爸爸揮揮手，往樓上走。這裡是一戶透天厝，一共有四層樓，原本都是我們住的地方，現在一樓成為「書屋」，二樓變成爸爸的工作室，堆放著還沒整理的舊書、還沒烘焙的咖啡豆，三樓是爸爸的臥室、書房、客廳和餐廳，四樓有三個房間，一間是客房、一間是我的臥室和書房，另一間是媽媽的房間。

爬上四樓，我先打開媽媽的房間，早晨來打掃的瑪麗亞阿姨，已經清理過了。媽媽的床鋪疊得好好的，梳妝台的鏡子擦得亮亮的，上頭那個細細的玻璃瓶裡，還插著一朵小黃花。瑪麗亞阿姨真好，她總是記得我的要求，每天都會幫媽媽準備新鮮的花朵。我對著空空的房間，習慣性的喊了一聲：「媽媽，我回來了！」

回到我自己的房間，我坐在書桌前，打開書包開始寫功課。今天的功課不多，我還沒寫完，手機的鬧鈴就響了，那是一段說話的聲音：「小舫，小舫，吃飯了！小舫，咦？你在錄音呀？呵呵呵……」這時是五點半！這支是爸爸從國外寄回來的手機，當時最新的，媽媽不會用，就整個交給我。我成了學校裡頭，第一個「三年級」就有這種最熱門手機的風雲人物。那一天，媽媽從樓下走上來，一邊走一邊叫我吃飯，當她看到我一直把玩手機，發現我正在錄音，忍不住笑了起來。鬧鈴響的時候，我同往常一樣閉著眼睛聽，想像錄音那一天的情形，想像這段話結束之後，媽媽的身影就會出現在房門口。我的桌子對面，還有一張椅子，以前媽媽常坐在我對面看我寫功課。啊，我真想回到那些時候！

儘管過了這麼久，我還是想念她。

古鏡書屋開張兩年多，爸爸也終於在陸地上停留了兩年多，好像一艘很久不再起錨的船。在這之前，爸爸一年中有十個月在不同的海域，他在不同的地方，跟我們說「生日快樂」、「新年快樂」，他寄回來的包裹，貼著世界各地的郵票，他帶回來很多別人沒見過的東西給我，我跟著爸爸停泊的港口，認識了許許多多我從來沒去過的國家。我曾經問過媽媽，為什麼會遇到爸爸呢？他們根本是兩種不同的人。爸爸喜歡在外頭，媽媽卻從來沒出過國；爸爸說話豪氣、爽朗，媽媽卻總是客客氣氣；爸爸喜歡交朋友，跟什麼人都可以聊上幾句，媽媽個性害羞，做什麼都要人陪著壯膽。這麼膽小的媽媽，卻幾乎一個人包辦所有照顧我的事情。

爸爸總是把假期安排在我的暑假期間，他說這段時間我也放假，可以帶著我玩；這段時間也是台灣的颱風季，他在家裡會比較安心。有一年，爸爸原本要回航的，又臨時加入了一班任務，所以假期往後延了二十多天。那段時間，每到週末都有颱風經過，雖然沒造成什麼損失，但是夜裡狂風暴雨撼動著窗戶，一樓花園的花盆吭吭哐哐的響著，我又擔心又害怕，忍不住問：「媽媽，你為什麼不要求爸爸回來！」

我記得，媽媽甜甜的笑著，彷彿完全沒聽到外頭的風雨似的。媽媽說：「小舫，我們並不寂寞呀！爺爺奶奶不是就住在附近，我們總有人照顧，爸爸也說了再多幾天就會回來，我一點也不害怕。」

「媽媽，這不公平，別人家裡都有爸爸媽媽，我們家只有你一個人，你要操心的事情太多。」颱風讓整條街都停電了，媽媽捧著燭台，從一樓開始一一檢查門窗，她的動作依然從從容容的，她平靜的說：「我擁有的已經比我原本想要有的多太多，爸爸雖然沒在我們身邊，但是他的船一靠岸，他就會跟我們聯絡。他做自己喜歡做的事情，也給我很大的空間，有了你爸爸才有你，小舫，這樣真的很好呀！」我知道媽媽的意思，媽媽有先天性的貧血和糖尿病，從小開始就要每天自己注射，她常說她原本不打算結婚的。沒想到自己不但結了婚，竟然還能有自己的小孩。

手機又響了，我看了看時間，才六點多一點，還沒到吃飯時間呀？

「爸爸，我們要去吃飯了嗎？」

很罕見的，這次不是爸爸通知我下樓一起到爺爺奶奶家的電話，爸爸興奮又急促的說：「小舫，小舫，你快來，快到二樓看看！」

古鏡書屋每天五點之後就關門，爸爸會到二樓整理舊書、烘豆子或者看看書，大約六點半，我們一起到隔壁巷子的爺爺奶奶家吃晚飯，這樣的生活步調非常規律。爸爸跟別人總是能天南地北的找到話題，唯獨對我總是客客氣氣的，沒辦法多說些什麼。以前有媽媽在，我們的話題圍繞著媽媽，一家人總有說不完的話。媽媽離開了，我和爸爸之間的話一下子變少了，這個家比許多人的家更是和氣寧靜，靜得像一汪平靜無波的大海。

爸爸烘豆子時，豆子的香味總會傳到四樓，我喜歡那種味道，不過我很少去看爸爸怎麼炒豆子、怎麼挑撿一粒粒的咖啡豆。我到二樓最常做的事情，就是拿一大落想看的書到我的書房，等看完再拿回二樓。我喜歡看各式各樣的書，以前媽媽常說我是十足的書蟲。爸爸對我說話總是輕聲細語，像這樣匆匆忙忙的叫我到二樓，是這兩年多來的第一次。

「爸爸，怎麼了？」

「你看，這是什麼？」

桌子上攤著一本薄薄的書，書的側面用麻線裝訂，紙質不像平常可以看得到，是一種深深的黃，接近泥土的黃。紙上有淡淡的紋路，那些紋路像是什麼植物的纖維，書上的字是彎彎曲曲的毛筆字，我翻到封面，長長的書名我只認得「武備志附錄」這幾個字。書本有好幾頁，每一頁都是圖文穿插

著，看起來就像是我的模型組合說明書。

「你知道這是什麼嗎？」

「你找到的新古董？」

爸爸常在不同的跳蚤市場找「古董」，他也賣一些「仿古董」，我猜想這又是他找到的寶貝。

「你看你看，你看不出來這是什麼嗎？」爸爸一臉興奮的翻到其中一頁，指著上面的圖片。這一頁上的圖片，是一個尖尖的、長長的，看起來像一片葉子般的圖案，我看了很久，也猜不透這張圖為什麼讓爸爸這麼開心。

「這是……？古時候小朋友的玩具模型組合說明書？」我開玩笑的說。

「賓果！我就知道你看得懂！只不過這不是『玩具』，這是真的船隻製作說明圖，你知道現在有多少人想複製古船？假如真的做出來，那會是多大的新聞呀！你看，這張、這張……這張……可是無價之寶呀！」

爸爸興奮得連話都說得結結巴巴，真不像我印象中的爸爸。

真的嗎？我笑著搖搖頭。

書屋剛開張的時候，媽媽還在，爸爸收到一批手鐲。他對照著圖鑑，發現其中一個跟慈禧太后戴過的一模一樣。爸爸興奮的嚷著：「找到寶了！找到寶了！」我們看著圖鑑，看到兩只手鐲真的一模一樣，也以為真的有人不識貨，不小心把真正的古董，混在一堆舊物品中賣出。記得當時爸爸喜孜孜的想著，這個「慈禧太后戴過的手鐲」將可以換得多少錢，這些錢可以帶我們到哪裡做什麼……爸爸編織著一夜致富的美夢，我和媽媽也高興得不得了，那時才小學三年級的我，連之後住在大房子中，想養怎麼樣的狗都想好了呢！只不過，等真正的鑑價師來到，確定這件「精品」只是作工精緻的「仿」古董，大家都失望極了。

「你要找人買這件東西嗎？」我問爸爸。

「不，我要先照著上頭的規格，製作一艘真正的『古船』，到時候一定轟動全世界！」

電話又響了，這次是奶奶打來的：「你們還沒過來呀？我們都等了很久了！」看看時鐘，真的已經七點了。爸爸趕緊說：「馬上到，馬上到！」

我們一起走出家門，要進爺爺奶奶家時，爸爸突然拉住我：「對了，小舫，剛剛的事情，先不要跟你爺爺說，免得爺爺生氣。」

我知道，這點我從小就知道，在爺爺家有個禁忌，就是不能提到任何跟船隻、航海有關的事情，我才不會笨到在快吃飯的時候，引起家庭紛爭呢！只不過，我跟爸爸說：「好是好啦，不過我們要猜拳，你贏了我才能答應！」

一把、兩把、三把，爸爸竟然全都輸了。我開心的大笑，爸爸不服氣的說：「不算不算，重來！」

我們一邊笑，一邊推開爺爺奶奶家的門，一串風鈴叮叮噹噹的響起。伴著風鈴叮叮噹噹聲音之後的，是奶奶有點責怪的聲音：「今天怎麼這麼晚？你爸爸念了好久，你也不打個電話過來。」

「今天書很多，我花了一些時間整理歸類，所以晚了點。爸，您別生氣，我等會兒陪您下盤棋，讓您消消氣！」

「我哪會生氣，我是怕小舫肚子餓啦！假如只有你，我才不會管你呢！」

「哪有老爸不管兒子的？老爸，您不公平喔！」

「你不也是好幾年沒管你兒子？你不管你兒子、我也不管我兒子，這就叫做公平！」

爸爸跟爺爺像老朋友一樣，摟著肩到餐桌準備吃飯。

我盯著他們的背影，心裡想的是，假如媽媽看到爸爸、爺爺終於和好了，一定也會很開心吧？風一吹來，風鈴又叮叮噹噹的響了幾下。我抬頭看著這個用鐵做成，顏色灰撲撲的，看起來很老舊，聲音卻是特別清脆的風鈴。想著，它是不是代替媽媽回答我呢？

爸爸的足跡幾乎遍及全世界，他帶回來的許多東西，每一樣爺爺都不喜歡，唯獨中意這個看起來非常陳舊的風鈴。記得那時我差不多讀小學一年級，那一天也是晚餐時候，我把風鈴藏在口袋裡，到爺爺奶奶家。吃沒幾口，口袋中的風鈴忽然掉了出來，「哐」的一聲把大家都嚇了一大跳。

「小舫，你藏了什麼好東西？」大家幾乎同時看著我。

平時沒人會罵我，但是把「爸爸帶回來的東西」帶到爺爺奶奶這裡，就是平時不會做的事情，我繃緊了臉，滑下椅子蹲到地上撿起風鈴，低著頭等待「暴風雨」。

「這是……？」爺爺蹙著眉看了看爸爸。

「喔…我們的船停在日本，靠岸之後一群人就跟著導遊到岸上觀光。停留了一天半，參觀平泉古城，這是在那裡買的工藝品。小舫很喜歡，我沒想到他會帶來……」

爺爺從來不問爸爸跟工作有關的事情，也從來不要爸爸帶回來的紀念品，只要爸爸還在海上，爺爺幾乎就當做家裡沒這個人一樣，也不會趁著我跟媽媽去吃晚餐時，問一問爸爸在哪個海域。所以，當爺爺問起風鈴的來歷，我發現飯桌上的人，全都有點緊張。幸好，爺爺聽完之後，只是喃喃的問著：「平泉？也有個『泉』呀……那是個什麼樣的地方？」

「那是日本一座歷史悠久的古城，有很多小型的工藝中心，有些店據說已經傳承了一千多年，都是製作這些小飾品，爸爸，您喜歡嗎？我可以託人再多帶一些回來。」

「不用了，就這一個就好。我們泉州的老家的山上，有一座古剎，這風鈴做得真巧，上頭就像古剎的寶塔。怪的是看起來沉重，聲音卻是那麼沉穩、乾淨，像是古剎傳來的鐘聲。這個就留在我這裡好了！」

吃過飯，爸爸真的找了小酒杯，陪爺爺喝酒。現在，他們真的像無話不談的好朋友，什麼都可以聊上幾句。

假如爸爸說：「今天烘了三批豆子，從綠綠的生豆開始，三批都是不同烘焙度的豆子，我幾乎整個下午都在看這幾批豆子……」

爺爺就會接著話說：「才站一個下午就受不了，我比你還小的時候，在大風雪裡站夜班，可是站一整夜都不敢閉上眼睛呀！」

假如爸爸說：「……嘖嘖，遇到一個什麼都懂的客人，我拿什麼東西出來，他掂一掂就猜出了年代，真是奇人……」

爺爺也許會說：「這有什麼稀奇！當年我大江南北跑過，什麼奇人沒碰過。我就碰過一個人，他只要跟你握一下手，就知道你這一生該怎麼過！」

他們總是高談闊論的，好像比賽什麼似的。以前，這樣的「高談闊論」，接著的都是劇烈的爭吵。

媽媽剛生病那一年，爸爸終於決定先請個長假留在家裡，只是他的心似乎還一直在海上。每次看到相關的消息，他總掩不住眉飛色舞。有一次在爺爺家，爸爸的手機不斷的震動響起，爸爸一邊接手機、一邊看訊息，眼裡、眉間都是笑意。

「怎麼了？」爺爺問。

「我那幾個兄弟，現在在舟山群島外海的小島，受到非常盛大的招待。哇！他們吃的、住的，全都是當地船東招待的，嘖嘖，真是太豪華了……」

「那地方鳥不拉屎的，哪有什麼可以招待賓客的？」

「爸爸，這您就不知道了。當地的人愛面子，為了招攬生意，為了讓別人有好的印象，他們端出的『招待』比我們能想像的還要奢華。打個比方好了，他們的工頭收入才四五千人民幣，買一個手機也要五千多，你猜裡頭有多少人有這種高檔手機？幾乎全都有呀！他們寧願借錢買高檔貨，也不想讓別人看輕。」

「哼！怕別人『看輕』自己？那麼自己怎麼不『看清楚』自己？也不秤秤自己有幾兩重！」

「唉唷，當地就是這樣，五星級酒店一棟連著一棟，都是外地人來消費。本地人假如進來，也是一擲千金，面不改色。爸爸，您想看看嗎？我在那裡也認識好幾個朋友，我可以帶您去旅遊。喔，不，我們全家去旅遊吧！」爸爸越說越興奮，完全沒發現爺爺的臉色已經完全不一樣了。

「怎麼，你才下船沒幾天，你媳婦的病也剛開始治療，就想回船上了？船上生活有什麼好的。」

「船上工作單純呀，要相處的人也只有一整船的十幾二十人，每天按照排班工作、找出時間完成報表，剩下的都是自己的時間了，船上生活還不壞呀！」

「還不壞？那你永遠不要回來好了，一整年都在海上還不夠，好不容易回來，又都是想著海上的日子，你的心有沒有帶回來？還是已經扔在大海中了！」爺爺氣得渾身發抖。

「爸爸……我暫時不會回去啦，我都請假一整年了……」看到爺爺生氣的模樣，爸爸趕緊低聲下氣的解釋。

「那就不要在我面前，跟你那群狐群狗黨的同伴聯絡！」

「好啦好啦……」

那一天的談話幾乎是不歡而散。爺爺跟爸爸都是大嗓門的人，真的想「吵架」一定是勢均力敵難分勝負。這樣的「爭吵」在爸爸回家時總會不時發生。這幾年，爸爸安定下來，他們兩人可以坐下來好好談上幾句，爺爺的話匣子終於打開了，他會說一些自己從前的事情，以前，他說到「過去」總是有一種欲言又止的顧忌。

我們的老家在泉州，這些年我們從金門經由「小三通」陪爺爺回去過一次，那是爺爺離鄉之後的四十多年，再度踏上故鄉的土地。以前兩地相隔，消息不通，現在可以來去自如了，爺爺卻說：「不用再回去了，家鄉什麼都不在了，山上的古剎、古剎旁的寶塔、整個村子通通不見了，現在回去已經沒意思了。」

爺爺總是一點一點的說著自己曾有的經歷，他說自己怎麼被抓去當差、怎麼從溫暖的南方一路去了北方、怎麼被趕上了船、怎麼在海上漂流……一段一段的，我聽起來都只像是有趣的冒險。

爺爺很少長篇大論說著關於自己的故事，只有那麼一次。那一天，奶奶正在準備晚餐，我在書房裡看書，爺爺看到我正在看的是《魯濱遜漂流記》，隨口問了我：「這本書你看到哪裡了？」

「喔，我看到他正在種小麥，設法做出麵包；他真是厲害，把葡萄晒乾變成葡萄乾，最後還做出葡萄乾麵包！」

「你覺得他最厲害的地方在哪裡？」

「他很勇敢呀，你看，發生了船難，只有他一個人生還，他漂流在孤島上，一個人生活了很多年……」

「這哪算真的『勇敢』呀！不是有整船的物資通通讓他搬上岸了嗎？你不知道一艘船可以載多少人、可以載多少東西！」我想爺爺說得很有道理，探索頻道曾經播放過，有人費盡一生的心血，就為了找那些藏在深海中的沉船寶藏。一艘船上，一定可以載運很多很多東西。

「你知道就好，寶藏也好、貨物也好，船上可是大得不得了……」

爺爺說到這裡，忽然心血來潮的說：「說到寶藏，我們鄭家也有『傳家寶』，我好幾年沒拿出來看了，我找找，我來找找。」爺爺興沖沖地在書房裡翻箱倒櫃的，把一個個舊箱子、舊盒子翻出來，裡頭有些是舊書、有些是包裹著舊報紙的陶瓷，爺爺到底想找什麼呢？

「呵呵，找到了！我什麼時候放在這個小鐵盒裡？怪不得找這麼

久。我看以後就放在書房裡就好！」我看著爺爺小心翼翼的把鐵盒掀開，裡頭有個包著紅紙的東西，我本來以為傳家寶應該是金光閃閃寶石鑽石之類的，沒想到爺爺拿出來的，是一塊大約只有巴掌那麼大的「木頭」。

「爺爺，這是一塊木頭呀！」我驚訝的叫了出來。

「這就是我們的傳家寶！當時要不是有它的庇佑，我哪能活到現在呀！」

真是不可思議，難道這塊木頭會變魔術，想要什麼，對著它說一

說，它就會變出什麼？還是這塊木頭裡頭藏著阿拉丁的精靈，當主人遇到危難的時候，精靈就會立刻跑出來，解決一切的問題？

「你呀！就是看了太多的故事，發生在爺爺身上的事情，不是故事，是真正的經歷。希望我們鄭家，再也不用這樣辛苦的奔波遷徙，能安安定定的最好……」

接著，爺爺像是停不住似的，說了好長好長的故事。他說到他怎麼帶著這塊木頭來到台灣、遇到過哪些人、經歷過哪些神奇的事蹟……故事很長很長，爺爺一邊說還一邊想，故事像是真的又像是假的。我聽到這塊木頭曾跟著爺爺跑過許多地方，似乎是一個神祕的人物送給他的，覺得不可思議，這是真的嗎？怎麼聽起來好像只有電影裡頭才會有的情節？我心裡有些疑問，不過又想著，一定是真的吧？爺爺怎麼可能說假的事情呢？

我一邊聽一邊等著，聽著聽著，不知道什麼時候竟然睡著了。第二天醒來，我聽到媽媽的埋怨：「你呀，已經好重了，昨天抱著你從爺爺家走回來，我的手都快斷了！」

那是我第一次聽到爺爺說起我們鄭家的「傳家寶」，後來雖然爺爺的話匣子再也沒有重新打開，不過那個鐵盒子，也沒有再塞進床底下，就放在書櫃裡。

吃過飯，為了「賠罪」，爸爸真的陪爺爺下了一盤棋，我靠在奶奶身邊，一邊看故事書，一邊陪奶奶有一搭沒一搭的看著電視。這時一陣倦意湧上，我連打好幾個大哈欠，睡意撲了過來，我無力招架。

「喂！你們父子玩得高興，可是小舫明天還要上學吧？」

「快了快了，這小子今天逃不了，我就要『將軍』了！」爺爺似乎不想馬上停止。

奶奶幫我拉好衣服拉鍊，拿了一個小盒子給我：「這給你，你姑姑參加喜宴拿回來的小糖果，裡頭有兩顆巧克力。你姑姑拿回兩盒，一盒被你爺爺吃掉了，你爺爺都八十歲的人了，還像小孩一樣，醫生叮囑不能吃太多糖，看到巧克力卻非吃不可。喏，這一盒給你，免得又被你爺爺吃掉了。」奶奶還幫我揉一揉臉，她隨口問：「小舫，你得回家了。」奶奶看一看爸爸和爺爺，一邊自言自語：「這對父子今天好像特別高興啊……小舫，你是不是也這樣覺得？你知道為什麼嗎？」

我半睡半醒之間，眼皮開始下垂，嗯嗯，我想我是在月光下的海洋搖晃吧！我忘了爸爸交代的事情，漫應著：「喔，爸爸說他找到一本古書，跟造船有關的……」

「造船……喔！」奶奶輕輕的叫了起來，那個「船」似乎不偏不倚的傳到爺爺耳朵裡，我瞥見爺爺忽然嚴肅起來的神情，原本又睏又倦的我，也忍不住打了個寒顫。

2
漂過黑水溝

幾個姑姑、叔叔都曾抱怨：「老爸，你對小舫怎麼這麼好，以前對我們怎麼那麼凶呀？」對我一向疼愛、甚至有點溺愛的爺爺，跟我從來不會大聲說話。只是這麼好脾氣的爺爺，偏偏有個不能碰觸的傷口，那些關於航海、漂流的記憶。爺爺瞥了我的那一眼，眼神中有著疑問、氣憤、驚恐和許多難以說得完整的情緒，我以為我不在乎，沒想到回到自己的房間裡，眼前都是爺爺那種複雜的眼神。

在這個家，跟海洋有關的事物和話題都是禁忌，爺爺總是耳提面命：「大海是最危險的地方！」很難想像的是，這個家的孩子，卻一點也沒有把這樣的教訓聽進耳朵，一點也不想避開這個「危險之地」。爸爸是第一個「起義」的人，他轉身離開爺爺，投入大海的懷抱。

從爺爺奶奶家回來，我本來就應該睡覺的。不過，大概是心裡突然湧上太多的事情，躺在自己的床上，原本的倦意竟然全消失了。我想念媽媽、想著爸爸，東想西想的，忽然又想到爺爺的眼神。我的頭有點昏，不知道哪家的水燒開了沒人關，茶壺的響笛「嗚嗚！嗚嗚！」的響著，笛聲越來越急，聽著那急促的響聲，我的頭開始痛了。彷彿腦子裡有把正在尖叫的水壺，壺裡的滾水從壺嘴一點一點噴出。沸水潑灑在爐架上，立刻又被火舌燙得噗吡噗吡響。咦？怎麼窗外也有劈哩啪啦的聲音響起呢？都這麼晚了，還有人放鞭炮嗎？我好奇的把頭探出頭，我原本以為會像過年時節一樣，看到樓下放鞭炮、沖天炮的人群，沒想到外頭的巷子變成一座小山丘，小山丘上黑漆漆的，月光下隱約可以看到幾戶矮矮的農家房子。

「抓丁的來了，我娘要我馬上走，你還不走？」一個和我年齡差不多大的男孩，光著腳，背上背著一個小布包，他的頭髮被剃得短短的，穿著單薄的衣服，夜風一吹，他整個人就像一片隨時都要飄走的樹葉。

轟轟轟的聲音雜著尖銳的哨聲，男孩的臉上露出驚恐的模樣，他用力拉我一把，一邊拖著我走一邊說：「我看你是嚇呆了，走吧走吧，先躲起來，我叫阿洋，你是誰？」

我被拖出了家門，看到自己也光著腳，地底的寒氣讓我直打哆嗦：「我叫小舫，為什麼要走？你在躲誰？」

這個叫阿洋的小孩，個子還比我小一點，他動作敏捷的拽著我，帶著我在山路間奔跑。

山路上頭完全沒有燈光，林間小路和周圍樹林的差別，只是深深淺淺不同的黑色。阿洋像兔子一樣的敏捷，他一邊跑還能一邊抓著我，我只能拚命的跟緊。我從來沒有光腳走在路上，地面的石子兒、樹枝刮著我的腳，我想腳上一定有哪裡擦傷或刺傷了。

跑呀跑呀，我的大拇趾踢到了一塊石頭，一不小心整個人撲倒在地上。

「唉呀，你怎麼這麼不小心？」阿洋也被我絆倒了。

「對不起……」我的話還沒說完，阿洋身手矯健的拉了我一把，他順勢一推，我們兩人就滾到路邊的低矮暗溝裡頭。

「真的對不……」阿洋緊張的把手摀住我的嘴巴，眼神嚴厲的制止我說話。

隔不了多久，雜沓的腳步聲在我們上方響起，一個口音奇怪的人嚷著：「搜！剛剛明明看見，現在怎麼可能不見，仔細的找！」

幾個人手上拿著棍子，敲打周圍的矮樹叢、雜草叢，我看到阿洋把

身體縮得小小的、小小的，我也忍不住屏氣凝神。

「沒找到？怎麼可能？他們又不是鳥兒，還能飛走嗎？」

棍子搜尋的力道變得更強了，一棒一棒的打下來，在我們周圍的矮樹叢，

硬生生的被削掉一大半。其中有一棍，在敲打暗溝旁的石頭之後，不偏不倚落在阿洋的腳背上，我差點叫了起來，阿洋卻只是咬緊牙根忍耐著。

「報告，這裡搜過了，真的沒有……」

「走！他們還

能跑多遠，整村都被我們包圍，能逃到哪兒去？」

那群人吵吵鬧鬧的，聲音逐漸遠去。

月亮從厚厚的雲中露了一小半，我看到阿洋的腳背流血，他看起來很痛，卻哼也不哼。

「那些人是誰？你做了什麼？為什麼要逃？」

「你是真笨還是裝笨呀？現在到處都在打仗，日本人、共產黨、國民黨三不五時就來『抓丁』，我娘說，一被抓走，就永遠回不來了。所以，只要有一點點風吹草動，我娘就叫我快跑。」

「被抓丁有什麼不好呢？」

「天啊，你怎麼會問這種話？你們家都沒人教過你嗎？」

我搖搖頭。

「真不知道你打哪兒來的！我們有個佃農的兒子劉大，是個傻呼呼的人，什麼也學不會，不過也沒你這麼呆。」

我不服氣的問：「劉大也知道『抓丁』嗎？我看過很多書，都沒寫到這個詞呀！你說，劉大現在在哪兒？」

阿洋嘆了口氣：「劉大也被抓走了，只是，又送回來了……我不是說劉大是個呆子嗎？他什麼也不會，教他做事要說很多次。有一次老師要我們出去跑一跑，劉大竟然就一路從學校跑回家裡，我們大家在後面追，他還以為大家陪他跑著玩的呢！」

「這個劉大真有趣！嘿，你還沒說他怎麼被送回來？是不乖嗎？」

「聽說他被抓走之後，長官要他『臥倒』他根本聽不懂，就這樣吃了子彈。」從阿洋嘴裡說出來的，像是電影情節，真的非常不可思議。

「吃了子彈？是『漆彈』嗎？被打到了就能回來，那你還怕什麼？」

「我不懂你說的什麼『七彈八彈』的，吃了子彈就死了，劉大只吃了一顆子彈就送了命。還是軍隊中有熟悉的人，把他運回來，你不知道他家人哭得多傷心。」

「死了？這件事情不會鬧上新聞嗎？」

「新聞？這樣的事情天天都有，大家見怪不怪了，怎麼會是新聞！你這個人說話真奇怪，好像什麼都不懂似的，我看你真的比劉大還不如。休息夠了嗎？我們最好再往更深山裡頭跑，山上的古剎聽說很靈，等會兒經過古剎，我們去求神明保佑，希望這次能安然度過。」

「你不痛嗎？能跑到哪兒？你剛剛也聽到了，這裡到處都有他們的人。」

「我不怕，我身邊就有個寶貝，是個『百毒不侵』的護身符，有了它，什麼壞事都不會在我身上，不信你看！」

阿洋把他包袱中的東西拿給我看，黑暗中我根本看不清楚那是什麼，他拉著我的手去摸一摸，包袱中的東西摸起來似乎是方方正正的東西。

「這是……你準備的乾糧？書本？還是巧克力？」我記得以前，每次跟著童軍隊登山，媽媽都會幫我準備巧克力。

「巧克力？你又在說什麼東西？這是我們家傳的寶貝，聽說是從龍江造船廠偷偷帶出來的，是南洋送來的千年柚木，這柚木已經成精了，當年又被指定成皇帝寶船的建造木料，這木頭已經有魔法了，曾發生過好幾次靈驗的事呀，可惜我現在沒時間，不然說上一整天也說不完……」

這個「阿洋」說的木頭，我聽得好熟悉，怎麼跟爺爺說的幾乎不差呢？

「你摸過我這個傳家寶，現在你也得到庇佑了，走吧走吧，我們一起往山裡走。」

阿洋瘦瘦的手拉著我，我只好跟著跑呀跑……我以為瘦小的阿洋跑一會兒就累了，不過他卻像裝了電動馬達似的，都不用休息。每當我想停一下，那凌亂的腳步聲、粗暴的吆喝聲，又會在不遠處響起，我只能喘著氣跟在阿洋後頭跑著。

不知道跑了多久，跑在前頭的阿洋發出了尖叫。剛剛那群大人抓住了他的衣領，把他提了起來。

「我就說跑不遠的，你為什麼跑，當兵是榮譽的事情，每個人都要為國家效命嘛！」說話的人說得義正辭嚴，周圍幾個大人也笑了起來。

「我還太小，我娘說我們家就我一個兒子，我娘要我不要當兵。」

「你娘說的？那我是國防部長哩！只要男生都要當兵，你多大？」

阿洋開始啜泣：「我十一歲……」

啊，阿洋竟然跟我一樣大？他看起來真的太瘦小了。

那群人竊竊私語的討論著：「才十一歲，是有點小，假如大兩三歲就差不多了。」

「對呀，太小了！這孩子也不夠高大……」

「已經有好幾批部隊來這村子裡抓丁了，夠格的幾乎都被帶走，上頭規定這次至少要抓五十個新兵，我們花了一整天，連一半都不到，我看這個先湊上去交差。現在個兒還不夠沒關係，跟著軍隊，一年可以長兩年的份。」

「對呀對呀，小兄弟，跟著我們吃大鍋飯，包你一年長兩年的份，明年你就十三歲了，再過一年就十五了，再一年就十七了，到時候我們打勝仗了，你就可以回來娶媳婦了。」

這群人說得口沫橫飛，不管阿洋哭得傷心，還是把他綁了起來，往大卡車上一丟。

我還是瑟縮在陰暗的樹影後頭，看著車子駛向山下的道路，聽見阿洋淒厲的哭聲：「我要回家，我要回家，我家只有我娘一個人，讓我跟她說一聲，讓我跟她說一聲……」

車子開過樹林，林間休息的鳥兒被驚醒，鳥兒呀呀的驚叫，阿洋的哭聲淹沒在騷動中，越走越遠。

周圍安靜極了，阿洋假如能躲到現在，一定能安全的回家了。只是，現在山上只剩下我一個人，我該怎麼回家？我害怕的縮著身體，希望有人能發現我，能帶我回家。

等了好久好久，終於有人拍拍我：「小兄弟，放飯了，你吃是不吃？」

咦？我不是在樹叢後面嗎？現在怎麼蹲坐在陳舊的木板上？聳聳鼻子，一股鹹鹹的、臭臭的味道傳過來。

「這是哪裡？」回過頭，看到一個個子高高的大哥哥，只不過他也實在太瘦了，面黃肌瘦的，好像生病了。

「在哪？說真的誰也不知道。剛剛風向轉了，我們不曉得又要漂到哪裡，已經快沒食物和飲水了，你再不去吃點東西，你那一份就會被吃光了。」

這個大哥哥說的話，實在太奇怪了。他怎麼不用躲藏呢？他不怕阿洋擔心的「抓丁」嗎？我看了看四周，有人坐著、有人躺著，大家擠在小小的空間裡，都是一副疲憊的模樣。

「為什麼大家都坐在地板上？發生什麼事情了？」

大哥哥壓低了聲音：「逃難呀，聽說打敗仗了，要撤退。你再不吃，真的就沒了。船還不知道要多久才能靠岸呢！算了，我幫你去拿吧！」

隔了一會兒，這個大哥哥用髒兮兮的鐵碗，拿了一碗粥過來：「趁熱喝！」

那怎麼能喝呢？看起來好髒啊，一陣反胃讓我差點吐了出來，我搖搖手：「不了不了，我肚子不餓，你幫我吃掉吧！」

大哥哥喜出望外：「真的？你的要給我？上頭規定每個人一天只能吃兩次，每次就這麼一碗，我真的餓死了。」他唏哩呼嚕的就把粥喝完，喝完之後還舔了舔碗，舌頭發出喳喳的聲音，把整個鐵碗舔得比剛拿到時還要乾淨。吃過了東西，大哥哥問我：「小夥子，你家在哪裡？」

「我家？我在台北呀！」

「台北？沒聽過！我老家在舟山島，你聽過嗎？」

舟山島？好像是爸爸去過的海港吧？我遲疑的問：「我爸爸好像去過，我只聽過龜山島……」

「你沒聽過我住的地方，我也沒聽過你住的地方，咱們扯平了！我們舟山島人少，軍隊來了以後，跟我們要菜要柴要米的，家裡養的母雞、豬仔、牛羊通通被『徵收』了。我之前被帶去修路，每天搬石頭，真是累煞我了！你知道石頭哪裡來嗎，要不要猜一猜？」

「山上？」

大哥哥搖搖頭。

「路邊？河邊？海邊？」

大哥哥的頭搖個不停，他看看四周，神祕兮兮的說：「我告訴你，你別嚇壞了，我們剛開始到路邊、河邊撿石頭，最後沒石頭了，就去挖墳墓，把墳墓上的石頭挖出來，敲碎之後鋪在路上。我一邊挖一邊阿彌陀佛，剛開始每天做惡夢，後來習慣了，就沒事了。」

這個大哥哥說的話，也跟阿洋說的一樣離奇，這樣的事情應該只會發生在電視劇中吧？我搖搖頭：「你在說故事吧？真的還假的？」

「真的還假的？我每天睡覺時，都在想這是真的還假的，多希望這是一場夢呀！我原來在城裡讀高中，家人都巴望我趕緊讀完回家接手自己的店面，誰知道書讀了一半，全都不用讀了，又不是真正的放假，每天都得上工，早知道讀書時認真一點就好！不過，我這還算好的，我的同學有人一下子就被派到前線，啥都不會就上了戰場，聽說一下子腿就瘸了。原本我們要被派到岱山島那一帶修機場，說要修一個『遠東最大的機場』，只不過軍隊節節敗退，我們就被趕上這艘船……」

船？我以為自己聽錯了，這看起來是一間房子呀！

「你是怎麼了？從一開始你就不對勁。我們從舟山島上船，船隻失去動力，一路隨著洋流漂到濟州島，你忘了嗎？」

「濟州島？是在韓國嗎？」我搖搖頭，幾年前，媽媽曾說想帶我到韓國的濟州島旅遊，這個大哥哥說的該不會是那裡吧？

「呵呵，你總算記得一些事情了。那裡的人幫我們把船修好之後，我們要一路往南，要到基隆港……唉！這一次已經在船上第十天了，希望菩薩保佑，讓我們可以安全抵達。」

「啊，我在船上？我要看看，我要看看……」這是怎麼一回事呢？我真的在船上待這麼久了嗎？家人會不會擔心我呢？我突然想到，爺爺要是知道我竟然在船上，一定又擔心又生氣吧！想到這裡，一陣昏眩讓我站不穩，我癱軟的跌摔在地上，幸好大哥哥及時扶著我。

「坐好坐好，你這幾天吃得少，剛剛又沒吃東西，下一餐說什麼都要吃一點。撐下去，熬過去，不管怎麼樣，先保命再說。現在還有雜糧粥可以吃，已經有人傳言，再這麼下去，船上的老鼠、蟲子都會被捉來吃掉。」大哥哥靠近我的耳朵，小聲的說：「在這裡生病可是沒藥醫的，熬不下去，就直接往下丟了，昨天已經丟了幾個下去，都沒氣了，也沒人知道那些人的名字，真是可憐！你看那裡躺著的幾個人，大概也是沒希望了……」

大哥哥手指頭指著遠遠的那一頭，我順著看過去，那一頭的上方可以看到外頭的星空，有幾個人就這麼躺在上頭毫無遮蔽屏障的甲板上。

「他們已經生病了，為什麼不移到溫暖一點的地方？在那裡下雨怎麼辦呢？病不是更不容易好？」

「小兄弟，這時顧不了了呀，他們有的病了好幾天，有的已經吃不下東西，看起來命在旦夕。哪知道他們是什麼病？會不會傳染？大家都想保命，生病的人就會移到那一區。」

月亮透出了光，我看見一張熟悉的臉孔：「啊——阿洋！」

「怎麼，裡頭有你同鄉的嗎？」

我拋下大哥哥的問話，半走半爬的往阿洋那個方向過去，記得「剛剛」才跟阿洋一起躲「抓丁」，不知道他被捉去之後到了哪裡？發生了什麼事情？為什麼他也上了這條船？我想問的話太多太多，找到阿洋，他一定能比較清楚的告訴我。

「阿洋，阿洋，你還記得我嗎？我是小舫。」

阿洋看起來，比我「剛剛」看的又更瘦了，慘白的臉，凹陷進去的臉頰，眼睛周圍不知道長了什麼，硬硬的痂把他的睫毛黏在下眼瞼上。他聽到我的聲音，努力想張開眼睛，卻只能張開一隻。

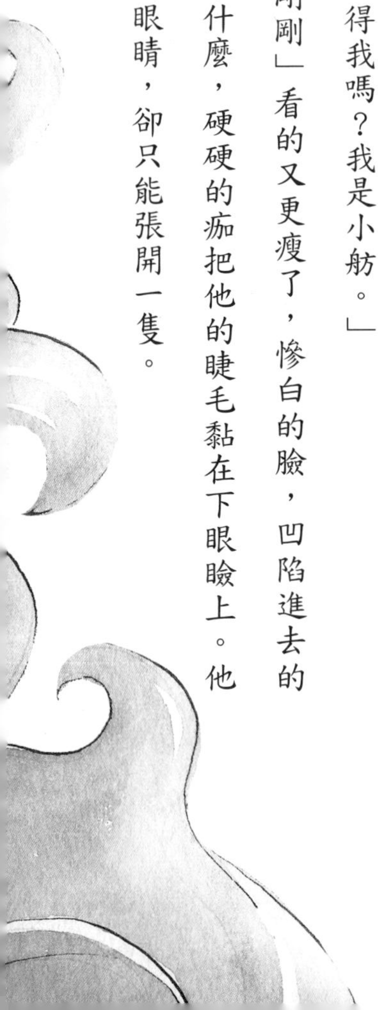

「小舫……」阿洋虛弱的回應我。

「你怎麼了？你不會死吧？你的『護身符』呢？你有沒有帶在身上呀？你不是說，有那個寶貝，什麼災難都不會發生嗎？阿洋，阿洋……」看著阿洋又閉上了眼睛，我著急得不得了。

「阿洋，你一定要振作，我剛剛聽說，醒不來的人就是死路一條了，你趕快站起來，我扶你離開這裡，這裡的人都是準備丟下海裡的。」阿洋還是沒回應我，我又急又慌。這時，我摸到口袋中有個硬硬的東西，掏出口袋裡的東西，一個精緻的小紙盒。啊，這是奶奶給我的巧克力。我知道巧克力非常有營養，可以讓人恢復體力，趕緊拆開盒子，剝好其中一顆，塞進阿洋的口中。

「阿洋，這是很好吃的糖果，吃了你就會有力氣了。拜託，你快點動一動，再不動，就沒命了！」我站了起來，想把阿洋拖走。這時一個大浪打了過來，船一下子被拋得高高的，一下子又重重的摔落下來，劇烈搖晃讓整船的人都發生了慘叫。我摔了一個大筋斗，頭撞到了木頭，眼睛開始迷濛看不清了。模糊中，我看到阿洋張開了眼睛，他翻了個身，從躺著的姿勢變成趴著，接著他慢慢的爬著爬著，離開那些躺著的人。

我的頭痛極了，靠著牆蹲坐著。這時，耳邊傳來一個熟悉的聲音。

「你非讀那所學校不可嗎？你要氣死我嗎？」是爺爺。我看到自己靠在牆上，這不是任何我待過的地方。我看了看爺爺，想跟他說這一個晚上發生的事情，這個爺爺比我熟悉的爺爺年輕許多，不過他生起氣來的樣子，可是一模一樣。

「爸爸，這學校有什麼不好？許大哥去讀了，他說很多學長畢業一下子就找到工作了，現在跑船不像您那個時代那麼危險，我們學校畢業的，很多都進了大商船、大客輪，賺錢很容易……」

「你重考，讀一個正常的學校。我家的孩子不許跑船，我再辛苦也不用你賺錢養家。」

「爸爸……快開學了，上學期的學費許大哥已經幫我申請補助了，弟弟妹妹都還小，我趕緊賺錢養家有什麼不好……」

「讀一學期，你立刻轉學考。別想賺什麼大錢，安安分分的考個公務員，捧個鐵飯碗，平平安安的就好，你怎麼總是有那種好高騖遠的念頭！」

爺爺看起來真的好生氣。這又是什麼時候？

記得爸爸說過，當他決定去讀海專，父子之間的關係就鬧僵了。那五年每次回到家，爺爺都會勸他休學，好好準備轉學考試，讀一個比較「正常」的學校。後來勸不動了，每次回家就當他是「空氣」，連話也懶得多說幾句。爸爸畢業後當完兵，真的就開始在船公司工作，他把薪水交給奶奶，讓叔叔、姑姑可以安心的讀書，只是父子倆卻還是說不上什麼話。

爺爺真的是我見過，最厭惡海洋、船隻的人，叔叔剛當完兵，要找工作的時候，說自己得到遊艇公司的工作機會。爺爺問了好久，問了好多，確定叔叔在這「遊艇公司」，只是一個設計遊艇空間的工程師，不需要把遊艇駛到海上，才放下心來。一家人到淡水玩，叔叔說坐渡輪到對岸的八里，可以吃到更便宜的海鮮，爺爺卻說什麼也不肯上船。

爺爺又提高了嗓門：「你聽著，只讀一學期，就只讀一個學期，不然我就不認你這個兒子！你給我一個承諾，你說，你自己發誓，說自己只讀一個學期！」

爺爺氣得臉紅脖子粗，說話都發著抖，爸爸站著聽訓，臉上一副莫可奈何的神情，想說什麼卻又沒說什麼。看到爺爺生氣的樣子，我想過去告訴他，別生氣了，爸爸已經回家了，不會再出海了。

「說啊，說啊，你不說嗎？你不說話是什麼意思？我打到你說話！」爺爺不知道從哪裡掄起一根藤條，要朝著爸爸揮去。那根藤條又粗又長，打起來一定很痛。我以為爺爺只是說說罷了，沒想到他真的打了下去。周圍的人驚呼著，有的去拉開爺爺，有的拉開爸爸。被拉走的爺爺火氣還是很大，藤條還在他的手上，他隨手亂揮，就這麼巧，有一棍就打在我的頭上。

「啊——」

3

波賽頓一號

「小舫，別怕別怕，爸爸在這裡。」溫暖厚實的胳臂環抱著我，讓人覺得好安心，我睜開眼睛，看到爸爸的臉。

「爸爸，我頭好痛。」

「奶奶昨天說你額頭有點燒燙，回來之後睡沉了，還真的發燒了起來。你整夜都作惡夢，一下子哭，一下子笑，我都嚇死了。晚上附近的小診所沒開，得到大醫院掛急診，我也不知道該不該送過去。唉！當初你媽媽怎麼帶大你的呀，真是難為她了。」

「爸爸，我生病了？」

「對呀，還好後來稍微退燒了，不然真的要深夜掛急診了。我剛幫你打電話請假了，你今天不用上學，就在家裡休息吧！」

我看到書桌上的燈亮著，桌上攤著一些紙張，椅背上還披掛著爸爸的外套。

「爸爸，你昨天都在我房間嗎？」

「對呀，看你這個樣子，我也睡不著，乾脆在你這裡守著。不過，我花了一些時間看昨天那本古書，還真有意思。」

我看到爸爸印了很多資料，還在紙上計算著，爸爸一夜沒睡，精神卻還是非常好。

「爸爸，你還在看昨天那本書呀？那《武備志》是真的還是假的？」

「你還記得呀，連《武備志》的書名都記得！」

「對呀，我們班有個很凶的女生，叫做『武珮芝』，男生私底下偷偷叫她『暴力份子』，男生都很怕她。昨天我一看到書名，想到她的名字，就怎麼也忘不了了。」

「哈哈，你們班男生還真是頑皮。你是不是也會欺負人家呀？」

「我才不會呢！」我嘴裡這麼說，臉卻紅了起來，有一次美勞課，老師要我們兩個兩個一組，我就和武珮芝同一組。當她看到我把她畫得很醜，氣得打我，我就拉她的辮子，這樣算不算「欺負」呢？

「我查了查資料，《武備志》是一本明朝的書籍，真的有這本書，當時的印刷術已經很發達，這本書廣泛流傳，之後又有活字排印的版本，所以不算是什麼新發現。」

「啊，所以那本書只是比較舊的老書？」

「應該更久一點，這本書在清朝出版過，我收過幾本清朝的古書，這本看起來更舊一點。不過，撇開書的年代不說，怪就怪在這本書有一個附錄的內容很奇怪，跟原本的內容不太一樣，所以才不知道這是真的還假的。」

「會不會是假的？有人偽造古書的嗎？」

「怎沒有？只要有利可圖，許多東西都可能偽造，所以才會有這麼多『鑑定專家』呀！」

「你怎麼知道這幾頁的內容，不在原本的《武備志》裡呢？」

「我查過呀，這本書中，原本就有三個附錄，其中一個是〈自寶船廠開船從龍江關出水直抵外國諸番圖〉……你也可以說這一個附錄是〈鄭和航海圖〉，但是原本這個附錄中，並沒有跟船舶製作尺寸有關的相關內容，不過，我找到的這本古書竟然有，這不是很奇怪嗎？」

聽起來，好像爸爸發現了一本新書？這是很大的發現嗎？我還想多問一些，不過爸爸突然拍了一下自己的頭：「唉呀，我真是糟糕，奶奶剛剛來看過你，提了一鍋稀飯，她說你醒來之後就要吃點東西，我們到樓下吃東西吧！」

我站了起來，衣服口袋掉出了一個小盒子。

「這是什麼？」

「我給阿洋……不，奶奶給我的巧克力，我還沒吃。」我想著夢中遇到的那個男孩，現在我相信那只是夢了，我安全的在自己的家裡，不用逃避「抓丁」的大人，也不用擔心船駛不到陸地。

「巧克力？」爸爸幫我撿起來，他笑著抽出裡頭一張包裝紙說：「還沒吃？那這是什麼？裡面只剩一個呀！你真是太愛吃巧克力了呀，跟你爺爺一樣，難道糖果在睡夢中，就被你吃掉了嗎？」

我沒有呀，記得奶奶拿給我時，說裡頭有兩顆巧克力的，我連拆開都沒拆開。我正想這麼說，猛然想到，在夢中，我把一個巧克力給了那個「阿洋」，難道真的就像爸爸說的，糖果在夢中就被吃掉了嗎？

這件事情真是太奇怪了，我跟著爸爸下樓，爸爸問我：「小舫，你告訴我，當我不在家裡的時候，你生病了，媽媽是怎麼做的？」

爸爸不經意的問話，讓我眼睛忍不住濕了起來。

「媽媽沒做什麼，她會摟著我，拍著我的背，一直到我睡著……」

「啊，就這樣？我還以為媽媽有什麼特別的藥方或魔法呢，假如你不舒服，需要我拍拍背，我也可以跟媽媽做同樣的事情。」

「不用了啦，我都已經五年級了……」我強忍著淚水說。

以前，每次爸爸回到家，都是先這麼說：「哇！小舫又長高了，跟以前不一樣了！」現在，爸爸不會再對我的成長這麼的嘖嘖稱奇，因為他每天都看得到我。以前爸爸一年只回來一陣子，每次回來都像是客氣的陌生人。好不容易相處了兩三個月，變得稍微熟悉了，爸爸的船期又開始，這一出去又是十個月。

現在這個爸爸，跟以前不一樣了！要是媽媽還在，多好！媽媽一定很高興爸爸在我們身邊，這樣，她就不用一個人參加「親師座談」，不用一個人買菜、打掃、整理房子，不用一個人照顧我。媽媽沒有這麼累，是不是就不會生病呢！

我記得媽媽一點也不苦惱，她總是笑著告訴我：「小舫，媽媽這是天生的糖尿病，我已經能跟『它』和平共處了，一點也不礙事的。我本來都沒打算結婚，也不想自己會有孩子，你爸爸說他不在乎這些，所以我才會結婚的。」

媽媽說自己從小時候開始就有糖尿病，她成績很好，考上了一女中，但是為了更懂得自己的身體，所以去讀護專。畢業後當了幾年診所的護士，又當了幾年藥房的藥師。從小到現在，她每天都要測血糖、為自己打胰島素，這些我看得怵目驚心的事情，媽媽卻可以在幾秒鐘內就做好。

「我最高興的就是你健健康康的，跟爸爸一模一樣。」

媽媽說自己對於糖尿病再了解不過，她常說：「我跟糖尿病已經成為最好的朋友，我了解它，它也不會傷害我。」媽媽是我認識的人當中，最重視飲食細節的，她總是定時監測自己的身體狀況，還曾到學校當一次「晨光媽媽」，告訴小朋友糖尿病是怎麼一回事。我最記得的是，媽媽說過，只要好好控制，好好保養，這種先天性糖尿病的人，可以登山、游泳、跳舞，可以做任何想做的工作，也可以活到一百歲！

沒想到竟然是這個她最熟悉的「朋友」，把她帶離我們身邊。

我在吃著奶奶煮的稀飯時，想到很多跟媽媽有關的事情，可是我不敢哭出來，我記得當媽媽過世時，爸爸傷心難過的樣子，跟小孩一模一樣。

我的高燒兩天就退了，只不過醫生說是腸病毒，所以我得在家裡休息一整個星期。當我回到學校上課，已經是隔一週以後的星期五，同組的組員看到我，全都開心得拍手。

「太好了，我們以為你趕不上呢！假如少了你，我們這組一定穩輸了。你看，我們準備的東西……」

地上有一個好大好大的袋子，裡頭都是保特瓶。

「哇！怎麼準備這麼多呀！」

看到我驚訝的樣子，坐在我隔壁的阿中，表情誇張的摸一摸我的額頭：「唉！你還發燒嗎？聽說你燒了好幾天，我們都好擔心。你不會把所有的事情都忘光了吧？」

坐我對面的小米，攤開國語課本，指著其中一課：「小舫，我們上完這一課，老師說要讓我們分組做出不同材質的船，還說要到觀光大池附近放看看……」課本那一課是「哥倫布的航海夢」。

小米說：「我們上個月教這一課時，老師要我們說一說預習課文之後的感想，結果你說什麼：『哥倫布真厲害，在海上逛呀逛的，跑得這麼遠，居然就發現了新大陸。假如我們也能造一艘小船，這船不知道可以跑多遠！』你這句話讓老師得到靈感，我們下課後就到學校的小魚池放紙船。」

阿中接著說：「大家摺的紙船都一模一樣，那一天沒風，我們只能用手掌撥水，希望哪艘船可以跑快一點，結果又『有人』說：『這樣真沒意思，我們該設計自己的船，小紙船是小baby玩的……』所以，後來我們大家就開始研究怎麼做出自己的船……」

當阿中說到「放紙船」時，我心裡的聲音就是「好幼稚呀！」等聽到阿中特別強調「有人」，我有點心虛，陪著笑臉問：「那個『有人』該不會恰好是我吧？」

阿中捶了我一下：「就是你！不過，這還真好玩，今天下午的美勞課，老師說大家要趕緊完成船隻，這樣明天星期六，就可以一起到觀光大池去試試看，我們還說要一起辦個『下水典禮』呢……」

小米說：「這件事我們進行了快一個月了，老師要我們先畫設計圖，然後大家選出想做的樣式，做出來的船不限大小，唯一的要求就是只能用『風力』……」桌上有一張筆跡非常熟悉的設計圖，上面畫了用幾個保特瓶組成的船。

「嗯，這個畫得真不錯，是哪個大師設計的？」

一個高大的女生湊過來，硬是在我們討論圈圈裡又擠出一個位置：「我畫的啦，不過是你提議用這種形式的保特瓶，你看，害我這個星期，喝了好多這種口味的紅茶……」

阿中指著設計圖說：「喂，小舫連著幾天沒來，你是組長，我們要不要辦個歡迎會？」

我看著那個女生，想到爸爸那本《武備志》，忍不住笑了起來。

阿中怪裡怪氣的說：「小舫，你真的病到什麼都忘了嗎？你該不會連這個母老虎都忘記了吧？」

「沒有啦！我怎麼敢忘，我還想活命呢！這是我們這組大名鼎鼎的組長——武珮芝！」

果然，珮芝給我一個白眼：「歡迎什麼？」她朝著我打了一拳，埋怨著：「還歡迎呢，我倒覺得我們得處罰小舫呢！他不在的時候，他這個『副組長』的工作全都落在我身上，我忙都忙死了！」

珮芝誇張的模樣，沒讓我害怕，反而讓大家都笑了起來。阿中把兩隻手搭在我的肩膀，很開心的搖晃著我：「我看到你來了，真是太高興了，我等不及跟你一起完成我們的『波賽頓一號』！」

聽到波賽頓一號，聽到這個名稱，我現在終於把整件事情通通想起來了！當時大家在取名字的時候，有幾個名稱出現：超級快艇、豪華蛟龍、銀光戰艦……這幾個名字一個個被提出來，只是大家都不覺得滿意。直到我說出「波賽頓一號」，幾乎每個人都點頭，只有小米疑惑的看著我們。

「波賽頓？還是阿波羅？聽起來好怪，為什麼你們都贊成？」

阿中搶著說：「啊？你沒讀過波西傑克森的故事嗎？波西是天神和凡人的混血人，是海神波賽頓的兒子……」除了小米，我們這組的人都是波西迷，我們三人就這麼你一句我一句的，把波西跟波賽頓的關係說給小米聽，還說了幾個波西的神奇法力，他在危難的時候，只要揮一揮劍，就可以召來海神才有的力量。聽了我們的解釋，終於每個人都同意「波賽頓一號」的船名。

下午的美勞課連著三節，每一組的人都很忙。單單船身的部分，有人像我們一樣用保特瓶，有人用鋁罐、鋁箔包空瓶，有的用家裡的鍋子、便當盒，有人把竹筷子編成「竹筏」，最有趣的是有一組不知道從哪裡拿來的半個乾瓠瓜，當他們一拿出那個瓠瓜，全班都笑成一團。

我們這組打算用瓶身是長方體的保特瓶組成船隻，這個構想是從之前參觀花卉博覽會時得到的靈感，博覽會裡有一棟建築物，通通用回收的保特瓶製作，導覽阿姨解說時，告訴我們這棟建築物是非常環保的「綠建築」，不但可以防震、防颱，而且可以隨時拆掉然後在另一個地方重新組裝。我看到這麼大的建築物，想到它居然是用小小的保特瓶製作，覺得非常不可思議。按照設計圖，我們的船大約會用到八十多個長方體瓶身的保特瓶，聽說這一整個星期，組員不但拚命喝飲料，也全都化身「環保小尖兵」，到處收集這種樣式的保特瓶。

「很抱歉呀，我都沒蒐集瓶子……」

「算了算了，現在還在說這個幹嘛，趕緊完工吧！」

按照我們當時的構想，這些瓶子要用寬的膠帶黏在一起，一點縫隙都不能有，大家七手八腳的，有的負責扶著瓶子，有的拿剪刀，有的貼膠帶，努力想辦法把保特瓶拼成小船的形狀，瓶子外表滑不溜丟的，手一鬆就會散了一地。長方體的保特瓶實在不適合當「積木」，我們一邊拼，一邊調整角度，每個人都恨不得多生幾隻手出來。

花了一整節課，別組都已經開始製作桅杆，我們才好不容易黏好一半的船身。比起別組的體積，我們的「波賽頓一號」看起來像個巨人。看到別組嬌小玲瓏的船，阿中忍不住嘆口氣：「不知道波賽頓是不是大

胖子？我們的船真的太胖了！」到了第三節課，別組都開始進行裝飾的工作，我們才開始把免洗筷做成的桅杆插上，當最後一個保特瓶黏上去之後，大家鬆了一口氣，忍不住拍起手來。

哇！整艘船終於

黏好了，我們手瘦的要命，大家都有同樣的念頭：「造船」怎麼這麼難呀！我們可是處在西元二〇一三年，擁有許多現代工具的人哪，做一艘「玩具船」都還這麼難！真難以想像十五世紀的時候，那些人怎麼做出龐大的海船，讓哥倫布可以自由自在的闖蕩陌生的海洋呢？

這個完工的「波賽頓一號」真是聲勢驚人，單單船身就有一個二十吋的行李箱那麼大，我們一組四張桌子併起來，才能擺得下。已經快放學了，我們沒辦法像其他組一樣，在船身上貼上漂亮的裝飾，最後只能用彩色膠帶黏一些花樣。放學鐘聲響起時，我們才匆匆忙忙的收拾地上的垃圾，足足比別的同學晚了十分鐘離開教室。

老師說各組的船都先留在教室，明天再一起來學校拿著作品，到觀光大池試船。雖然沒有什麼「比賽」，但是大家都想試試自己的設計能不能運作，也都希望自己這一組的作品，就是那一艘「跑得最快」的船。

回到家，我告訴爸爸，明天我們班上的活動。我興奮的說：「別組的都很小，我們的特別大，我看，一定是我們的第一名。」

「哇！你們真是厲害！到底做出多大的船呢？人可以坐進裡頭嗎？」

「爸爸，不能真的坐在上頭啦，我們的有這麼大……」我比畫出「波賽頓一號」的大小，隨口問了：「爸爸，你以前的船，有多大呢？」

「我的船？呵呵，我那是大商船，長度大約三百公尺，寬度有四十公尺，你知道有多大嗎？你們學校操場跑一圈，都只有兩百公尺而已呢！」

「爸爸，你的船還沒開始做嗎？明天可以完成嗎？我們一起去試船好不好？」

「喔，小舫，這不像你玩樂高組合玩具一樣，難得很……」

我失望的說：「我以為今天就可以看到一部分了呢，怎麼都還沒動靜呀！既然那些古書都已經在身邊了，照著書上的製作，不就好了嗎？」

想不透一向做事非常有效率的爸爸，這次怎麼要想這麼久？

「每一塊材料都要自己做出來，而且書上的製作圖是明代的尺寸，你知道有多大嗎？我得按照尺寸，換算成兩個人可以操作的船，這些哪有這麼容易！」爸爸拿出一份影印的資料，要我讀一讀上頭的字：

永樂三年六月，命和及其儕王景弘等通使西洋。將士卒二萬七千八百餘人，多齎金幣，造大舶，修四十四丈，廣十八丈者六二……

爸爸說：「這些文字出現在《明史‧鄭和傳》，我們鄭家的祖先鄭和，你總知道他的事蹟吧？」

「我當然知道，從小我就聽爺爺說，我們是鄭和的後代，這我早就知道了。」

爸爸在紙上先畫了一片小小的葉子圖案：「你不是剛讀過哥倫布的故事？哥倫布當時搭乘的船，大約長十六公尺，寬六公尺，可以坐二十幾個人，假如這是哥倫布的船……」

接著爸爸又在這片小葉子旁邊，畫了一片好大好大的「葉子」，差不多整張紙都是這片大葉子的範圍：「把明代的尺寸換算成現在的尺寸，這是當時鄭和的船。你猜有多大？」

「跟你的船一樣嗎？」看到「大葉子」和「小葉子」的對比，我這麼猜測。

「幾乎差不多了，按照剛剛你讀的那段文字，鄭和的船有一百四十公尺長，寬度竟然有五十多公尺那麼多！他第一次下西洋是在西元一四〇五年，六百多年前能做出這麼大的船，當時的工藝和科技竟然能這麼發達，嘖嘖……」爸爸發出連串的讚嘆。

真的嗎？六百多年前的鄭和，居然能監造這麼大的船，比哥倫布的船還大了幾十倍，我想著那該有多大呢？像一間教室嗎？還是像一個操場？

「哇！沒想到我們的鄭家祖先這麼厲害！這種造船術會不會遺傳呢？爸爸，你說，明天我們這一組會不會是第一名？」

「說不定喔，今天晚上睡覺前，你好好的祈求，說不定真的就得到第一名了！」

我們一邊談話，一邊走路到爺爺奶奶家吃晚餐，爸爸很有興趣的說：「你們老師辦的這個活動真有趣，我明天一起去看看好了。我也可以開始想想，怎麼按照那些古書中的說明做一艘古代的船，說不定你們這些小鬼頭的船，可以給我一些點子。」

聽到爸爸也想去，我更覺得那個「第一名」一定會落在我們這一組。為了確保這個第一名不會飛走，這天吃過晚餐之後，我藉故到爺爺的書房，偷偷的把我們鄭家的「傳家寶」藏在身上。我覺得這一定萬無一失，既然這個寶貝可以保佑鄭家的子孫，它也一定能達成我的心願。我打開爺爺書房的櫃子，偷偷的打開鐵盒子，偷偷的拿出那塊用紅紙包著的木

頭。明天，我就要帶著這個寶貝去試船。我覺得這一定萬無一失，反正那個鐵盒子還在，誰會注意到裡頭有沒有東西呢！等活動圓滿結束，我再偷偷的放回原處，這樣神不知鬼不覺的，多好！

離開爺爺奶奶家時，那塊傳家寶安安穩穩的放在我大衣的內側口袋裡。我誰也沒說，連爸爸都不知道，三個大人沒有一個發現，這真是順利的開始。我忍不住輕快的哼著歌，想著明天的勝利。

4

遇見小六子

我們班的「下水典禮」訂在星期六的上午十點，不過許多同學按照平時上學的時間，八點左右就到學校，為自己的船做最後的裝扮。阿中畫了一個波賽頓的三叉戟，貼在「波賽頓一號」的船頭，小米在透明片上先畫了許多漂亮的圖案，再用雙面膠把圖案貼在船身兩側。等我們排著隊走向觀光大池，每一艘船都像要參加慶典一樣，比昨天又更漂亮一點。

觀光大池是這裡有名的景點，靠馬路那個入口，有個小小的崗哨，裡頭有辦公桌、有簡單的家具，平時沒人駐守，只有假日遊客較多的時候，會有志願的巡守隊留在這裡。我們這個地方，在很久以前，沒有大圳或者溝渠，是靠著一個又一個的池塘灌溉，聽說以前從飛機上往下看，這裡像是「千湖之國」呢！現在灌溉的方式已經改變，許多原本的小池塘淤積，成為草原或者蓋起了房子。不過這個天然的大池塘實在太大了，幾乎是我們學校的十倍大，有十幾公頃，所以還是積蓄了很多水，讓這裡成為大家休閒玩耍的地方。池塘周圍有公園、涼亭、小樹林，池子中間有一個沙洲，沙洲周圍種著荷花、布袋蓮，常常有水鳥飛到沙洲上頭休息。靠近小山坡那邊的池塘周圍，沿著水邊修建著石頭做的階梯，坐在上頭可以看整個大池的風景。坐在階梯下面幾層，夏天時腳丫子可以蹚一蹚池水。這裡平時就有很多人前來休息賞景，星期假日這裡除了本地人還有更多的外地遊客。所以，當我們一整班浩浩蕩蕩的走到大池旁邊的草皮，公園裡的人很快的就聚在我們周圍，我們的「觀眾」很快的就聚集了好幾十個人。

按照比賽的規定，哪一艘船可以走得最快、走得最遠，就是第一名。我們紛紛拿出自己的船，周圍的觀眾開始小聲的評論著，聽到很多人這麼說：「哇！那個最大的好酷……」「我猜最大的可以跑第一……」

「最大那個好漂亮，外形就像真的船一樣……」我們這組的人彼此眨了眨眼睛，嘴角忍不住微微笑。

在老師一聲令下，八條大小不一的各式船隻，一起放進了池子中。今天的風比平時大一點，緩緩的從對面吹過來，算是很穩定的風，我們這幾艘船，在風力的幫助下，開始緩緩的移動著。為了讓自己的船快一點，有的人在岸上搧扇子，有的人嘟起嘴巴，跟著船一邊跑一邊吹氣。雖然這麼做不會有半點效果，不過好像真的幫自己的船「一臂之力」了。

「加油！加油！」每一艘船都很努力的往前跑。先拉開距離的是一艘「可口可樂號」，這一組的同學只用八個空的可樂鋁罐，加上一根竹筷子、一個墊板，就做出自己的船。他們的船又輕又快，風一吹就開始在水面上奔跑。

跑第二的是第四組的「飛碟號」，這一組找來一個鐵製橢圓形盤子，頭尾各加上一個空的鋁箔包盒子，再用衣架做桅杆。他們的風帆是裝飾花束的包裝紙，整艘船的模樣怪極了。昨天在製作時，許多人經過都哈哈大笑，說他們假使把做的船翻面放，就像是飛碟一樣。那一組的人看到我們的嘲弄，似乎也覺得洩氣，後來乾脆把原本的名稱——諾亞方舟號。改成「飛碟號」。那個鐵盤子大概是裝魚用的，拿起來還有點重呢，許多人都打賭飛碟號一放在水中就會沉下去，我也這麼以為，沒想到飛碟號竟然穩穩的向前航行。

假如當場票選，我猜「最佳人氣獎」應該是昨天從拿出材料開始，就讓大家笑個不停的「圓月小艇」，也就是那個用一半的乾瓠瓜做出的船。圓月小艇一放進水中，周圍也是一陣哄笑。那一組的同學，在乾瓠瓜把手的部分，用油土做了兩個裝飾的小人，風帆綁在兩根吸管上，分別由兩個小人拿著。風一吹，圓月小艇像游蛙式的選手，點頭、抬頭、點頭、抬頭……它的速度雖然不快，但還是一上一下很有節奏的往前漂。

我們那個巨大的波賽頓一號，放在陸地上時，幾乎跟一個低年級的小孩差不多高。經過我們巧手的裝扮，波賽頓一號精緻得像是藝術品，許多遊客還特地跟這艘船照相。可惜，當我們把船放在水中，還沒開始航行，它竟然一下子就「臥倒」。還好靠近岸邊的水很淺，我們趕緊踩過階梯，下水去把它扶正，沒想到航行沒幾公分，它又倒向另一邊。

「太大了，不好操控！」我聽到有人這麼說。

「太輕了，太高了，有點頭重腳輕吧？所以才沒辦法站穩……」我還聽到有人這麼猜測。

「好可惜，我本來以為這一艘會是第一名呢！」聽到這樣的話，我也覺得有點洩氣。

我們幾個輪流去「扶正」我們的船，希望它趕緊振作起來，不要老是表演「左躺右躺」的動作，我看看爸爸，爸爸也一籌莫展。既然爸爸沒法子給意見，我們就自己想辦法。雖然明顯的落後了，但是我們這組的組員，都還抱著一絲絲的希望，大家都以為只要調整好角度，讓船和風帆能維持平衡，只要風一吹，我們這艘船這麼大，一定可以跑出別人兩三倍的距離，要追上也不是不可能的。就像是剛學騎兩輪腳踏車一樣，只要騎順了，就不會跌倒了。波賽頓一號也展現鍥而不捨的精神，它一次又一次的被扶起，一次又一次的倒下，每次都只移動一點點。屋漏偏逢連夜雨，我們用一個大塑膠袋製作的風帆，碰到水時居然會緊緊的黏在水面上，好像沾上了膠水一樣，跟水面難分難捨。

我們扶了很多次，船在水中泡了這麼久，卻始終在岸邊搖搖晃晃，甚至無法離開超過半公尺。更糟的是，我們原本用膠帶纏繞連結保特瓶，泡在水裡這麼久，最底層的膠帶開始滲進了水。底部的水分讓波賽頓一號不再這麼「輕飄飄」了，它終於可以在水面上「站立」，我們不約而同的大叫：「好耶！」只不過我們的高興大概只有幾秒鐘，一陣比較大的風吹過來，船又倒了下來。阿中和珮芝氣呼呼的走過去，兩人四手用力的扳正船身，「啊——」圍觀的人都跟著我們驚叫起來。

原本以為黏得很牢的膠帶，因為滲進了水失去了黏性，他們兩人不小心用了太大的力氣扶正船身。於是，有十幾個保特瓶脫離膠帶，開始單獨在水面漂盪，它們當然漂得比波賽頓一號主體快很多，我們只好慌慌張張的去撿那些瓶子。阿中跑得最快，撿得最多，不過他一不小心在水中跌了一跤。看他坐在親水台階上，下半身都濕了，我忍不住笑了起來。看到我的笑容，阿中也忍不住笑著說：「你敢笑我，看招！」阿中捧水一潑，我的衣服濕了一大半，站在我後面的小米也遭殃了。小米、阿中和我，一邊笑著一邊開始進行「潑水大戰」。

只有珮芝還是善盡組長的責任，她著急的喊著：「喂喂，你們不要玩了啦，我們的船還沒走到目的地呀！」

阿中大聲的回話：「算了啦，又不是每一艘船的首航都會成功，鐵達尼號都會沉船呢！我們的只是不會動，算是好多了！」剛剛我們拚命想讓船順利航行，偏偏波賽頓一號完全不合作，那時大家心裡都很難過。現在知道大勢已去，反而沒有這麼在意了。阿中朝著珮芝潑一大捧水，還

波賽頓

說：「既然是同組的人，就要『有福同享，有難同當』，我們今天過潑水節吧！」我們玩得正高興，那個原本信誓旦旦想得第一的豪情壯志，早就不見了。

其他七組的船，至少都往另一個方向移動了，他們的組員開始移動到對岸，準備開始迎接自己的船兒歸航。我們的巨無霸波賽頓一號，在許許多多人面前「漏氣」，現在它不太像一艘船了，它不但缺了好幾個角，剩下的部分還要賴的橫躺在水面。比賽進行了快半小時，我們也玩了十多分鐘，當老師集合的時候，大家替第一名的「可口可樂隊」歡呼。

老師還這麼說：「有七組都成功了，雖然速度有快有慢，但表示你們的設計都是合格的……至於最大的那艘波賽頓一號，他們雖然沒有完成比賽，但是老師也看到他們堅持到最後了，這樣的精神也是不錯的。不過，你們的船原本是那麼的壯觀豪華，為什麼最後反而沒辦法移動，你們還是要設法找出答案。等學期結束，我們再一起替『波賽頓一號』辦個下水典禮！」

「啊，還要繼續完成呀？」小米慘叫著，他的模樣滑稽，大家都笑了。

「對呀，做事哪能夠這樣半途而廢呢！你們現在要有『休息是為了走更遠的路』這樣的想法，我會不時的盯你們的進度喔！」老師的神情不像是開玩笑。

老師說完話時，已經接近中午了，陽光很強，一下子就把我們剛剛弄濕的衣服晒乾了。有些爸爸媽媽帶來了披薩、飲料、點心，讓我們吃。我們在草地上鋪上報紙，就像在野餐一樣，大家的心情都很好，圍觀的遊客也慢慢散去了。只不過，當我聽到有人離開時，輕輕的說著：「唉！那艘最大的竟然中看不中用，真是的！」原本大口咬著披薩的我，忽然覺得吃進嘴裡的東西，什麼味道都沒有了。

我和爸爸在下午三點多才回到家，爸爸要我先洗個澡，睡一會兒才去吃晚餐。我脫下弄得髒兮兮的上衣，裡頭藏著的東西掉了出來，那是一塊紅紙包著的東西。

「小舫，這是什麼？」

那是昨天從爺爺那裡偷偷拿回來的「護身符」，我真是糊塗，應該先把這個寶貝放在房間裡，我怎麼就在爸爸面前脫掉上衣呢？

「這是⋯這是⋯⋯」原本的紅紙，因為剛剛忘情的過「潑水節」，紅紙濕透了，裡頭的木頭露了出來。

「小舫，你拿了什麼？」爸爸的聲音有些嚴厲。

「這⋯⋯這⋯⋯」我從來沒看過爸爸生氣，現在我慌得不知道該怎麼辦。

爸爸伸出手撿起那塊東西，我想伸手已經來不及，沒幾秒鐘，爸爸把破爛的紅紙撕下來，看到裡頭的東西，他忽然笑了起來：「小舫，你竟敢拿爺爺家裡的『傳家寶』！」

看到爸爸笑了，我雖然不知道他為什麼笑，不過心情也放鬆了一些，我說：「爺爺總是說，這塊『傳家寶』可以保佑鄭家人，我今天就需要保佑，所以我就拿在身上。只是⋯⋯只是⋯⋯好像沒什麼用呢，我們不但沒完成比賽，還得到最後一名⋯⋯」

「小舫小舫，你慘了，這是爺爺的寶貝，你現在偷拿出來，萬一爺爺生氣，你怎麼辦？」爸爸似笑非笑的看著我。

「我偷偷的拿出來，等下吃晚餐前偷偷的放回去，爺爺沒發現就不會生氣了，對吧？爺爺會生氣嗎？」

「怎麼不氣！你爺爺還會打人呢！」

「我不信，爺爺對人最好了，怎麼可能會打人。」

「以前我就曾經因為偷拿這個『傳家寶』，不但完全沒效，還被打了一頓。」爸爸說：「我記得小學高年級時，跟你現在差不多一樣大，那時候學校考試一學期考三次，在我感覺是沒多久就考一次。我貪玩不愛念書，有次考試前，幾乎完全沒準備，後來，我想到的方法就是，那天早上帶著我們家的『傳家寶』到學校，希望祖先能保佑我考好一點。」

沒想到博學多聞的爸爸，以前竟然是「不愛讀書的孩子」，我追問著：「後來呢？你考試時，有沒有多寫一點？」

「完全沒效，我沒準備嘛！所以不會的還是不會，每一題看起來都很陌生，因為考試時間一直擔心自己考得不好會挨罵，所以原本會的也有些變得不會……」

「爸爸，你好慘唷，考試怎麼能靠『傳家寶』呢，你想也知道，傳家寶又不是電腦，不能查到答案，帶那個有什麼用嘛！結果呢？」

「哈，你果然比我聰明，我當時真的沒想到這一點。我只是聽你爺爺常掛在嘴上，說我們家有這麼一個『傳家寶』，我又沒試過它的功能，所以拿來試試看。等我考完，我就知道這一點效果都沒用。更慘的是，當我走路回家，這塊木頭竟然掉在半路上……我回到家，看到你爺爺鐵青著臉，就知道事情不妙了！」
「天啊，爸爸，你真是厄運連連啊，偷拿東西不說，東西還掉了，爺爺怎麼那麼厲害，一下子就知道了？」
「那時你的小姑姑還在奶奶的肚子裡，說巧不巧，奶奶就在我考試這一天肚子不舒服，當時醫療沒這麼發達，婦人生產得請產婆到家裡，爺爺已經拜託人去鄰村請了，偏偏產婆還沒來，奶奶就已經呼天搶地的喊著……你爺爺想到『傳家寶』，打開櫃子發現不見了……」
「咦？也許是別人偷走的呀？爺爺怎麼一下子就認定是你？」
「所以說，我是個笨賊嘛！我偷拿東西時，把整個鉛筆袋也一起留在櫃子裡了。這就好像跟爺爺說：『東西是我拿走的！』爺爺根本不用『問』，就知道是我拿走的。」

「後來呢？」

「因為情況危急，所以爺爺只用棍子揮了我幾下，就叫我沿路去找找看。那時我們住在眷村，周圍都是稻田，沒什麼人車經過，我照著原來的路回頭找，真的就找到了。」

「結果呢？小姑姑有沒有平安出生？」

「當然有，你上星期日不是還到小姑姑家嗎？她假如沒有平安出生，你怎麼會有這個小姑姑？我找回這個傳家寶，就開始祈求奶奶生產順利，這麼一路想著回家，一回到家就聽到小姑姑宏亮的哭聲……」

「所以，傳家寶還是有效嘍？」

「有沒有效，應該要看情況吧？小舫，你下次千萬不要隨便拿爺爺的東西，這塊木頭我們看是寶，別人看也許就是一塊不起眼的木頭。要是你掉在路上，現在路上人多車多，還有定時清理路面的掃地工人，你可不會有我那時候的好運，你要記得，以後不可以再這麼做了，知道嗎？」

我點點頭。

在我的房間的桌上，爸爸把一個紅包袋裁開，把這個「傳家寶」重新包起來，然後叮嚀我好好睡一覺。我躺在床上，想到爸爸小時候竟然那樣頑皮，忍不住笑了起來。

這個傳家寶到底有沒有效？我想著之前爺爺說過的故事，爺爺說，他就是因為隨身帶著它，躲過了許多厄運。即使在海上漂流、即使流落街頭、即使退伍後生意失敗……許多人生的關卡，關關難過卻也關關都過了。爺爺還說過，是「爺爺的爺爺」說的，那時宗族裡有生病的嬰兒，沒有錢醫治，就會把這塊「傳家寶」壓住嬰兒的衣服，擺放在神桌上，祈求祖先們眷顧這個孩子。

「你相信嗎？許多孩子就這樣熬過了七災八煞，之後平平安安的長大。」

爺爺還說，「爺爺的爺爺」告訴他很多更久更久之前的事情，這塊流傳許多年的「傳家寶」，總會在特別的時候，展現神奇的庇佑。

真的嗎？我忽然又想起了媽媽。

從我有印象開始，每一次爸爸休假在家，爺爺都會生點小病，一次比一次嚴重。幼稚園大班時，爺爺跟朋友爬山扭到腳，整天喊不舒服，所以爸爸回家之後，幾乎每天都要陪爺爺到醫院復健；小學一年級那一年，爺爺自己刷油漆從一層樓高的地方掉下來，把大家嚇得半死，爺爺因為疑似多處骨折，住院足足三個星期，那也是爸爸天天在一旁照顧；要升三年級那一個暑假，爺爺竟然無預警的昏迷，醫生說年紀大了，腦中的血管栓塞，算是輕度中風，爸爸忙進忙出的，偏偏這時媽媽也覺得身體不舒服。

媽媽總說自己的糖尿病不可怕，只要避免身體虛弱，引發別的併發症。所以當她一開始感冒，她並沒有特別注意。媽媽最不舒服的時候，還催著爸爸趕緊到醫院照顧爺爺，沒想到這感冒引發肺炎，又因為媽媽原本的病症讓病情急速惡化。那時姑姑在國外讀書，叔叔在南部工作，爸爸在兩家醫院奔走，每天都分身乏術。每天我都住在爺爺奶奶家，我天天哭，擔心媽媽的病好不了。

我那時怎麼沒想到可以把傳家寶放在媽媽病床旁邊呢？媽媽過世之後，爸爸立刻請了長假留在家裡陪我，等假期結束，他沒有回到原本的工作，反而是遞出辭呈，當起「古鏡書屋」的老闆。即使已經兩年多了，想到媽媽，我的心還是有一塊充滿眼淚的角落，我縮在被子裡，閉著眼睛，想讓自己回到幾年前。那時，我常這樣故意悶著被子睡，媽媽叫我我也裝作沒聽見。我等著媽媽就會頑皮的掀起被子，然後往我胳肢窩搔癢……

「嘿，你哭了，你也是捨不得嗎？」是個小孩的聲音。

「是啊，我捨不得……」我睜開眼睛，看到一個穿著古裝的小孩子：「你是誰？這是我房間？你怎麼穿這種衣服？」

「我？我是小六子呀！我才想問你是誰呢！聽說三寶太監爺已經在海上過世了，朝廷的人要封掉這些船塢，我們家從我爺爺開始，就已經在船塢工作，一做做了將近三十年，就說要關掉……」

「你說的三寶太監是鄭和嗎？」

「對呀，我跟他同姓，我也姓鄭。聽說當初鄭氏人家優先雇請到船塢工作，這裡工作多，銀兩多，我爺爺、叔公、伯公、我爹、我叔叔、我哥哥……，全都是這裡的工人，我是家裡最小的，排行老六，所以叫小六子，將來我也想在這裡工作呀！你看，這一關掉，我們要到哪裡工作呀？你說對不對？」

這個小六子自顧自的說個不停，好像跟我很熟似的，我閉著眼睛搖頭，我想，這該不是作夢吧？

「你拚命搖頭，一定以為我亂說。我爹說，我們家要趕緊往南撤了，以前有人說『狡兔死，走狗烹』，船造好了，船塢就要封了，朝廷天威難測，造船的工匠恐怕也性命難保。偏偏我爺爺和我爹都是裡頭手藝最好的工匠，我們家一定第一個遭殃，所以我們得趕緊先逃遠一點。」

「你都說要逃跑了，怎麼還在這跟我說話？」我還是覺得眼前的小六子，好像演戲的古人，他說的都是真的嗎？

「我來拿這個……」小六子給我看他懷中的東西，咦？怎麼又是一小塊木板？

「又是木頭！我家也有一個，我爺爺說那是我們鄭家的『傳家寶』。」

「你也有？我不信。我這塊是做寶船時，從那根最重要的龍骨上頭裁切下來的，是我爹爹親手丈量，親手切下來的一小段。你的呢？」

「真奇怪，我爺爺也這麼說。我爺爺說，我家那塊原本就是千年柚木，又被皇帝指定了用途，所以更是有了靈性……」

「你爺爺講的跟我想的一模一樣，平常丈量都不會有多餘的木料，那一天偏偏多了這麼一小塊，我爹爹原本想隨手扔了，我就說送給我玩吧，沒想到我隨手放，竟然忘了帶走。看你講得頭頭是道，你也在這裡造船嗎？我可真的沒看過你！」

「我不在這裡造船，我在別處。我跟你說，我下午才剛完成一艘船，有這麼大……」我跟小六子比畫出波賽頓一號的大小。

「啥？才這麼大？那不就像個木桶？你到底知不知道怎麼造船呀？」小六子一副瞧不起人的樣子。

我逞強的說：「我當然知道，你看起來比我還小，我就不信你知道，我猜你是不知道的。」

「誰說的？我就說我爺爺、我爹爹都是第一把高手，都是最棒的工匠，我將來也會是一個巧手的工匠。我將來要『一個人』造一艘大船，跟三寶太監爺一樣，帶著整個村子的人，一起到南洋去，等我回來，我就發大財了……」

「『一個人』造船，就說你是吹牛嘛！我今天造的那艘船，還是四個人一起動手呢！不然我先問你，該怎麼造船？」

「我當然會，我從小聽到大，就算還不是像我爹爹那種高手，我當然也知道。」

「誰信呀？就你自己說你會造船，就要別人相信嗎？我看你一定是騙人啦！」

「我才不會騙人呢……」聽到我說的話，小六子急得臉都紅了，他滔滔不絕的說著，造船時要先確定龍骨的長度，像蓋房子一樣，要先上大樑……小六子說個不停，我心裡忍不住喝采：「這個小朋友跟我差不多大，他好厲害，怎麼這麼會說話！」

最後，小六子問我：「你看，我沒騙你吧？我是真的懂怎麼造船！」

我問小六子：「你家住哪裡？我爸爸最近也想造船，你可以告訴我你家住哪兒嗎？我請爸爸到你家請教請教。」

「我就住在附近呀！幾乎所有的工匠，都是龍江附近的人，只不過就只有我們鄭家的人，對於造船技藝幾乎可以無師自通，所以我才說我以後也可以一個人造一艘『寶船』嘛！不過，我們就要搬走了，你也找不到我。爹爹說要盡量往南，也許也投靠到爹爹以前的先生那裡。」

「很遠嗎？」

「遠啊，走路要走大半個月，爹爹說老師住在泉州府，唉呀，你不是朝廷派來的吧？我說了這麼多，你可別告密，我得走了，爹爹說今天晚上就動身，我要快一點！」

小六子站起身子，拔腿就跑，他先跑過窄窄的小路，接著好像會攀岩走壁一樣，一碰一跳的往上爬。

「小六子，小六子……」我也跟在後面直追。環顧四周，這個「船塢」像個凹陷的大坑洞，大概有五六層樓高。底部稍為窄一點，上頭比較寬。周圍是硬梆梆的石牆土壁，從下到上用木頭當釘子、做出一級級的壁梯，小六子真的是身手矯健，這些壁梯就像兒童育樂中心的攀岩設備，安插在幾乎垂直的兩旁牆壁上。我在練習攀岩的時候，身上都有安全索，現在要爬這種陡峭的壁梯，又沒有什麼保護設備，心裡真是膽戰心驚。好不容易我爬到了頂端，雖然我的腳還在壁梯上，但是手撐著上面的地面，恰好可以看到小六子的背影。只是，他真的跑得太快了，小小的身影已經要消失在路的盡頭了。

「小六子，等我，我不會告密的，我還有話問你……」我喊得太急，喊得太快，一不小心腳一滑……

5

流行熱潮

「小六子，小六子，等我等我……」

「小舫，你又作夢了嗎？你最近好像特別容易作夢，連睡個午覺，也可以作夢。」

爸爸的臉在我的眼前，我發現自己睡得滿頭都是汗。「又作夢了？這次夢到什麼？」爸爸笑著問。

「我……我夢見『小六子』……」

「小六子？是你的同學嗎？是今天一起玩潑水的那個嗎？」

「不是啦，『小六子』不是我的同學，他的爺爺、爸爸、叔叔……整個家族都是造船師傅，他正要搬家……」

「呵呵，是那個小六子呀！爺爺說過的小六子嗎？」

我點點頭。爸爸發出爽朗的笑聲：「你真是日有所思，夜有所夢呀！真的就是那個爺爺說過的小六子？」

爺爺陸陸續續說過的故事中，曾好幾次提到小六子。從爺爺的口中我知道小六子是家中第六個孩子，名字叫做「鄭興誼」，爺爺說這就是我們在泉州的第一代祖先。

「小舫，你實在太有想像力了，今天你在大池試船，就夢見那個我們有造船手藝的祖先，你在夢中有沒有得到什麼靈感呢？有沒有對他說：『我也要造船，你可以來幫我。』呢？」

我不好意思的笑了，我想，自己一定是太在意那個無法航向對岸的波賽頓一號了。爺爺常說著從前的故事，他說家裡的傳家寶就是泉州第一世祖先就留下來的，距今也快要六百年了。爺爺說過，那個明代的航海家鄭和，小時候住在雲南，原本叫「馬和」，他們是回教徒，也是當地的貴族。鄭和十歲的時候，被明朝軍隊擄走，成為當時在燕王朱棣旁服侍的太監，為了嘉賞馬和在鄭州立下了戰功，就賜他「鄭」姓，於是，「馬和」就變成「鄭和」。鄭和既聰明又懂得兵法謀略，很得燕王的信任。後來燕王成為明成祖，派他下西洋，他從監造船艦開始，就展現過人的智慧和魄力。

「鄭和是太監，沒有自己的後代，不過他收養哥哥的孩子，所以也算有了傳人。我們的祖籍原本在南京龍江，為了避禍，一路逃到福建泉州……」

爺爺說的我都記得，前不久社會老師要我們找自己家中的族譜，我就看到這一段記載。我找到族譜中的「字輩」：

興隆知祖德，顯達念君恩，復回同一派，攀登陟龍門。光國崇文德，安邦建武功，紹先雄繼志，勛業際昌隆……

我記得當我朗讀時，老師頻頻點頭，覺得我報告得太好了。在這串字輩中，爺爺是「文」字輩，我是「安」字輩。

爺爺說，根據族譜裡頭記載著，這位在泉州安身立命的祖先，從龍江遷徙到泉州的路上，其他的家人都遇到土匪，也不知下落如何，只有他一個人逃到泉州。爺爺特別強調：「我說過的『傳家寶』，就是這個寶貝。這寶貝也救過那位先祖，你知道那一段故事吧？」

爺爺回故鄉那一次，特地把祖傳的族譜拍了照帶回台灣。根據上面的記載，我們那位先祖鄭興誼，跟著家人逃難時，路上遇到土匪，土匪殺紅了眼，他因為最瘦小，所以當土匪用長槍刺向他的胸口，他頓時昏厥。土匪以為他跟其他人一樣都死了，所以忙著搶東西，也沒注意到他。沒想到他因為把這塊小板子放在上衣口袋，小板子擋住了長槍的銳利尖角，等土匪走了，他幽幽的舒了口氣，自己爬起來繼續趕路。這木板救了他一命，也就變成了我們鄭家的「傳家寶」。

我私自帶走書房裡的東西，心中還是忐忑不安的。還好，當我們到爺爺奶奶家時，他們正在開心的看電視，我趕緊偷偷的溜回書房，把傳家寶放回原來的地方，爺爺沒發現，我當然也沒挨罵。

我們在大池試船之後，「造船」忽然變成社區熱門的活動，儼然一股流行熱潮。每到星期假日，都會有幾組人帶著自己製作的船隻，到大池試試看。

天氣漸漸熱了起來，有人直接把海水浴場用的橡皮筏，加上自製的桅杆，穿上泳衣，就這麼漂浮在大池上；有一次，我看到幾個外地遊客，把學游泳用的浮板改裝成大蛙鞋，把自己當成航行器，似乎想嘗試「凌波舞」似的，帶著蛙鏡，穿著救生衣就直接往水中走。他們的裝備很有創意，我以為他們一定可以成功，沒想到走沒幾步，就一個接著一個好像骨牌似的跌入水中。

珮芝的哥哥和他幾個讀高中的同學，用鐵絲綁了許許多多大型的保特瓶，做出一個有半間教室的筏子，上頭鋪上了塑膠地墊，他們拿出船槳划呀划，這個筏子真好用，大哥哥們還划到大池中央幫我們採自然科要觀察的水生植物呢！

我很喜歡到觀光大池旁看大家的創意，爸爸比我還要著迷。所以，當我們的老里長伯扛著大型的「鐵殼船」，出現在觀光大池旁，認識或不認識的人，全都驚訝的張大了嘴巴！

里長伯已經六十多歲了，爸爸看他扛得有點吃力，趕緊過去幫忙。

「里長伯，這是汽油桶吧？」

「對呀，汽油桶改裝的，你內行呵，一下子就看出來了！」

「這不會太重嗎？樣式是你自己設計的嗎？」

「是我設計的！我畫圖，請家人幫我焊。小時候住在淡水，那時我家就有一艘像這樣的單人船。我們想到八里買東西，就自己划過去，很方便的，又不用花錢。我小時候看過，這一定可以啦！」

仔細看看，里長伯的「船」是一艘單人獨木舟，他把汽油桶切成兩半，一半當成船腹，另一半又再對切，分別銲在船腹的兩端，看得出是船頭和船尾。

「里長伯，這船製作起來很貴吧？」

「貴？我沒花一毛錢。鐵桶是人家送我的，我兒子幫我銲接，他敢收我錢嗎？所以一毛錢都沒花。」

在大家的注目下，里長伯坐在鐵殼船上，被大家輕輕推向水中。沉重的鐵船，裡頭又坐了一個人，船吃水很深，船緣離水面還不到十公分。里長伯在裡頭每調整一下坐姿，船就跟著左搖右晃一陣子，岸上的人看了都好緊張，深怕他會掉進水裡。還好，里長伯終於找到似乎最舒服的坐姿，他開始划動手中的木槳，小小的船竟然飛快的向前行進。

「啪啪！啪啪！」岸上響起了掌聲，已經駛到大池另一端的里長伯，回頭看看我們，他舉起手中的槳，好像在跟我們說謝謝！

里長伯的「鐵殼船」太受歡迎了，當他回到岸上，許多人都向前，想看得更仔細一些。爸爸問：「可以借我坐坐看嗎？」

「好啊！」

「小舫，你要不要坐坐看？」爸爸上船前問我。

「我我不要，我不敢。爸爸，你不要坐吧……」鐵殼船裡頭實在太簡陋了，只有一個給船員坐的小板凳，我想這艘船載不動兩個人。

「哈哈，小舫別擔心，其實我們的觀光大池不深，我又是游泳高手，再說，這艘船造得很堅固……」

看著高大的爸爸把自己塞進小小的鐵殼船，船吃水更深，水面幾乎就要漫到船緣了，爸爸在船裡頭也是得調整椅子，他晃動的幅度比里長伯還要大，我的心臟一下子提得好高好高。我在心裡祈禱著：「神啊，保佑爸爸平平安安吧！」我的擔心即使在爸爸終於穩穩的操控著船，還是沒辦法完全消除。爸爸也慢慢的划到對岸，他和小船變成了一個小黑點，我緊盯著那個小黑點，爸爸力氣大，一下子就划得老遠，我要不是一直注意著他，也許一眨眼會把他跟水中游來游去的鴨子、漂浮著的布袋蓮混在一起了。爸爸不知道划到哪裡去，我已經看不到他了，每等一分鐘，就好像等一個小時一樣久。一直陪在我身邊的里長伯，拿起手機說了幾句話，就對我說：「小舫，我有事要先回去，鐵殼船太重了，等一下請你爸爸把船放在管理崗哨那裡就可以了。」

周圍原本觀看的人，也漸漸的散開，大池旁的草地還是有很多嘻笑玩耍的人，只是這時沒有一個人是我熟悉的，我開始有點擔心。只不過我又安慰著自己：爸爸是大人，又曾在海上工作將近二十年，他說自己熟諳水性，應該就是沒問題吧？其實，我不應該怕水的，媽媽讓我從小就學游泳，我們在學校也有游泳課，我可以在游泳池裡游七八趟都沒問題。但是，在水中一口氣和另一口氣之間，我還是有那千分之一秒的驚恐，我不是海神波賽頓的孩子，我想爸爸也不是。

大池旁的人，忽然向對岸的聚集，一輛救護車發出「咿喔、咿唷」的聲音，往對岸的方向開過去。原本我不在意的，可是當我聽到有人說：「有人溺水了！有人溺水了！」我的心突然跳得很快。爸爸怎麼還沒回來？有更多的人往那個方向跑過去，我也忍不住連走帶跑的趕過去。

我跑得越急，心裡越慌，該不會發生什麼事情了吧？天啊，希望不要是爸爸！爺爺那個對海洋的禁忌像個魔咒，讓我的擔心無限制的蔓延。

跑著跑著，我竟然哭了。我跑得比在學校考短跑還要快，當我擠進那個許多人圍起來的人牆，真的看到爸爸。只不過不是他溺水，他正幫忙醫護人員，把一個臉色蒼白的大哥哥抬到救護車上。爸爸的身上、腳上都是黑漆漆、髒髒臭臭的爛泥巴，我一看到，還是緊緊的抱住他。爸爸看到我，有點疲憊的問：「怎麼了？你怎麼哭了？」

「爸爸，我以為……我以為你……」我不敢說那個「死」字。

爸爸摟著我，拍拍我的肩膀安慰我：「別哭別哭，那個國中生為了追自己的小狗，掉到池子中央，池水雖然不深，但因為底下都是爛泥，他的腳卻陷在泥巴中拔不起來。小狗都自己游泳回來了，他在水中越慌，越是掙扎，就陷得越深，最後嗆到了水……我想他應該沒什麼問題，只是受到驚嚇。」

爸爸坦然寧靜的樣子，還是無法安撫我剛剛那幾分鐘的驚恐。看起來淺淺的池塘，都可能釀禍，那麼無邊無際的大海，該埋藏多少的危險？我也忍不住想著，媽媽是那樣愛爸爸，為什麼能那麼放心的讓爸爸在海上呢？那些年媽媽多麼勇敢呀！看起來柔弱的媽媽，怎麼能完全不擔心？怎麼還能那樣安然的作息？看到我的樣子，爸爸提高了聲音：「別擔心啦，我經歷過更緊張的情況，比現在的狀況危急更多呢，多到我都不敢跟你媽媽說……」

我們先回家洗個澡，才到爺爺奶奶家吃飯。爸爸跟我都不想提這件事情，沒想到當我們吃完晚餐，正在客廳聊天的時候，門鈴響了，里長伯帶著一對老夫婦進到家裡。

「鄭先生，這是王先生和王太太，剛剛你救起來的那個國中生，是他們唯一的孫子……」

老夫婦提著水果籃來，又是鞠躬又是道謝的，爸爸慌慌張張的扶著他們坐下：「小朋友還好吧？您不用這麼慎重呀，我只是拉他一把而已，沒什麼。」

老夫婦頻頻拭淚，一句話也說不完整，里長伯說：「王先生和王太太的兒子和媳婦，都在外地工作，這個小孩就跟在祖父母身邊。下午時，他原本應該去補習，沒想到沒到補習班，卻到大池旁閒晃。他喜歡小狗，看到別人的狗跳進水中撿主人丟的東西，以為那隻狗快淹死了……他也沒多想，就跳下去想救。」

王先生說：「謝謝，真的謝謝！這死囝仔，自己趴趴走，誰都不知道他去哪裡。那隻狗的主人，也不知道有人以為小狗落水，看到自己的狗上岸了，也沒顧到狗後面有個孩子。我這孫子聲音比貓還小聲，那時候一定也是愛面子不敢大叫別人來幫忙。唉！我一想就覺得可怕，要是沒人知道他落水，大池旁那麼多人玩耍，別人說不定以為他也在玩耍。我們夫婦照顧這個孩子，天天提心吊膽，要是這孩子有什麼閃失，我兒子媳婦會把我罵死，我們夫妻倆也不知道該怎麼辦。」

儘管爸爸一直推辭，不過王先生兩夫婦再三的道謝，硬是把水果籃留下來。等客人都離開了，爸爸原本不想多說的，現在也只好一五一十的告訴爺爺奶奶。雖然只是大池塘裡的小船，但是畢竟還是「船」，爸爸一邊說一邊瞄了瞄爺爺，深怕爺爺又要動怒。

「只是試划別人的船，你就在大池裡救了一個人？哼，你也真是厲害！」爺爺板著臉，雖然沒生氣，不過語氣還是山雨欲來，讓人無法放鬆。

爸爸跟爺爺這種針鋒相對，已經數不清了，他故作輕鬆的說：「我應該是還有點『職業病』吧！在大海中，看到有遇難，第一個反應就是會去救他，何況那個溺水的人，跟小舫差不多大，還是小孩……」

難得爺爺不但沒避開話題，還追問：「船難？你們的船不是很大嗎？怎麼還有船難？」

「有啊，再大的船，都有可能發生意外，所以海上遇到船隻發出求救訊號，幾乎都會出手救援的……」

我看過鐵達尼號，那沉船的鏡頭讓人心驚，沒想到爸爸居然曾經遇過，我也好奇的問：「爸爸，你的船也發生過意外嗎？」

「小舫，不要亂說……」奶奶大概覺得有些忌諱。

「媽媽，沒關係，我都已經在陸地上生根了，不再出海了，不是嗎？」爸爸說起他們曾親眼目睹的船難：「我們公司的船，真的是大得很，再加上管理都很有經驗，所以很少發生重大的事件，所以我們大多是在海上救人的。有一次，我們在海上看到一艘小貨輪，上頭的貨櫃全都起火了，貨輪附近放下了很多救生艇，救生艇上的人，雖然都穿上了完善的救生設備，也拚命的划船，但是臉上都害怕得不得了……你們知道為什麼嗎？」

「他們的船快爆炸了？」

「不是，只有著火而已，還不會爆炸。」

「他們看到了海怪？」

「不是，你真是太有想像力了。他們一艘小艇上七八個人，每個人都拚著命划，卻怎麼也離不開貨輪……」

「難道……他們捨不得貨輪上的東西？」

「他們怕得沒力氣划？」奶奶也加入猜測。

「也不是……」

只剩下爺爺還沒猜。

「難道是……沉船漩渦？」爺爺說了一個我沒聽過的詞。

「爸爸，這次您對了！就是沉船漩渦。貨輪一邊起火，一邊下沉。貨輪體積大，重量大，會造成周圍的水流形成又急又快的漩渦，那些人怎麼划也划不開那個區域，他們擔心受怕，力氣大概也用得差不多了，所以才會滿臉驚恐。」

「爸爸，那你們怎麼辦呀？」想到那些人怎麼也划不離那個區域，

海洋那樣寬廣，難道要一個一個救上船嗎？

「當時天氣不錯，他們著火的地點在外海，離最近的陸地並不遠，所以只要離開致命的沉船漩渦就可以。為了安全，我們沒有讓他們上船，我們拋下繩索，把他們『拖』出漩渦區。等確定他們沒有立即的危險，我們就趕緊加快速度離開。」爸爸說完，我腦中想著那種「大船拖小船」的畫面，小船假如會說話，它們應該是說：「得救了！得救了！」有時候在路上會看到大型拖吊車，拖著違規停車的汽車離開，拖吊車一路走，後頭的小汽車就一路「叭——叭——叭——」的叫著。每次看到這種情景，我總是想：汽車假如會說話，它一定是大聲呼叫主人，希望主人趕快來救命吧！

難得一次在爺爺面前提到「船」，爺爺能跟爸爸談得這麼愉快，這天我和爸爸走路回家，抬頭看看月亮，心情特別的好。月光下，我們兩個人的影子拉得好長，我和爸爸走得很靠近，有些部分重疊在一起，遠遠看，就像是連體嬰一樣。我越長越高了，唉！假如媽媽還在，我跟爸爸可以一左一右的保護著她……

「爸爸，你說，你們的船一出去就要好久才回來，海上有『菜市場』嗎？在船上怎麼煮東西、吃東西呢？」

「喔，小舫對爸爸的工作開始有興趣了嗎？爸爸的船是海運商船，專門在世界各地的港口載運貨櫃。船上除了船長，還有大副、二副、輪機長……每個人各司其職，就像一個小公司一樣。至於吃東西嘛，也有專門的廚師。廚師會絞盡腦汁為我們準備餐點，我這些年跟船上的廚師學會不少菜。爺爺總是擔心在海上航行的安全，其實像我們這種大貨輪，真的是最安全的了。」

我很難想像，船在海上會比陸地更安全嗎？「海上真的有海盜嗎？」那幾部海盜的電影，讓人看得怵目驚心，凶狠的海盜帶著大炮、繩索、武器，一下子就鎖定對象，跑到對方的船上肆無忌憚的搶劫。

「有啊，現在還有海盜，而且也是非常凶狠難纏。我們船隊有一段航線在印度洋附近，會經過東非的索馬利亞，每次船開到那裡，我們都要特別警覺，那個國家的海盜特別多，『海盜』似乎變成了他們的職業了。」

「難道你們不怕嗎？」

「怕呀，但是我們逃得快，船板又厚，海盜船通常都很小，他們除非找不到目標，不然是不敢跟我們這種『硬傢伙』衝突的。有一次，真的有幾艘海盜船向我們靠近，我們警告之後，他們還是不離開我們航行的路線。於是我們只好加速往前……」

「最後呢？」

「當然是我們佔上風啦，他們馬上落荒而逃。那些海盜對自己的船可重視得很，他們的船是謀生的重要工具，弄壞了就不能『做生意』了。」

「爸爸，你的工作真是太危險了。還好你已經不再出海了……你不會再出海了吧？等我長大，你也不會再跑船了吧？」以前不覺得「爸爸」有多麼重要，現在，我只剩下爸爸了，我不希望爸爸離開我。

「小舫，工作的辛苦、危險應該是每一種工作都有的吧，只要習慣就好。像我常常負責早上四點到八點，下午四點到八點這兩個時段的值勤，為了好好當班，所以生活要很有規律，不能熬夜、不能讓自己生病，才不會因為自己的因素造成別人的困擾。很多海員在船上工作時，身體反而比休假在陸地時更健康呢！」

「爸爸，那你還會到海上工作嗎？」

「喔，不會的，我會一直陪著你，不過，現在你要當我的助手了，我們一起造一艘鄭和那時候的『寶船』縮小版，放假時，別家的父子一起爬山、騎腳踏車，我們可以一起駕駛帆船，一起航海……」

「航海？爺爺會罵人吧？」

「爺爺從前在海上吃了很多苦，他覺得海洋冷酷又無情；我幾乎走遍世界各地的海洋了，我覺得海洋豐富又有內涵。小舫，你別害怕，海洋沒有你想像的那麼複雜。」

我還不太懂爸爸說話的意思，但能確定爸爸不會再回到海上，就覺得非常的安心。

每天放學回家，我都要問一問：「爸爸，『我們的船』今天可以動工了嗎？」我樂意當爸爸的小助手，我也迫不及待的想看看船造出來是什麼模樣。爸爸搬進家裡的工具越來越多，每天我都以為隔天就會動工了，只是，每回問起爸爸，都差不多這麼說：「急不得，急不得，我們要做的船，每一個尺寸都要自己裁切，慢慢來。」

那本古書，爸爸把每一頁都掃描放大，每一頁都做了密密麻麻的記號，他說要按等比例縮小，一點誤差都不行。當我做完功課，從樓上走到爸爸的工作室，看到戴著眼鏡專注製圖的爸爸，覺得爸爸的模樣真像個數學家。

我生日那一天，放學回家，一推開古鏡書屋的門，爸爸就跟我說：「我在你桌上放了我自己做的生日禮物，你去看看……」店裡有幾個人在喝咖啡，還有一個客人欣賞架子上的石頭，我知道爸爸還得忙一陣子。爸爸要送我的到底是什麼東西？我好奇的跑到樓上。

我的桌子上，放了一個透明的盒子，盒子裡頭一大堆大大小小，薄薄的松木木片，每一片都標上了編號。還有一張手繪的說明書，標示各個編號的木片該怎麼組合。那些木片有好幾百片，說明書組合起來是一艘上頭有十根桅杆的帆船。

我看著那些手寫的編號、手繪的說明，想著：這些都是爸爸親手製作的嗎？他是什麼時候做的？要花多少時間哪！

隔了好一會兒，爸爸才上樓看我。

「你喜歡嗎？」

我點點頭。

「我看你喜歡拼積木，本來想送你一組新的，但是我又想把『我們的船』尺寸確定好，所以，我就按照我推算好的尺寸，再縮小十分之一，做成你現在這組積木，一共有一千多片，你可以慢慢拼。」

「一千多片？『我們的船』也有一千多片的零件嗎？那麼有多大？」

「對呀！我按照書上的尺寸，

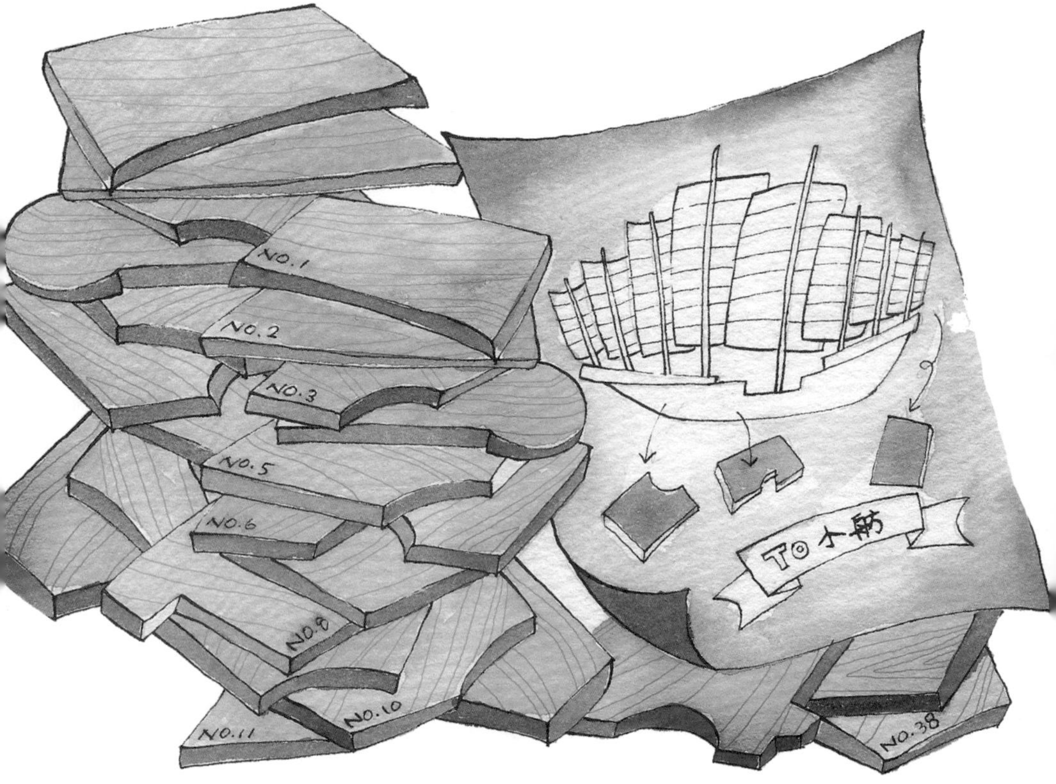

打算製作四十分之一大小的船，這樣還是超過三公尺長。雖然是等比例縮小，但是有些細節還是要更改。例如：原本的船很大，有五層的艙房設計，據說船上可以載一千人呢！我們的船只有我們兩人操控，改成兩層……」

我看著地上的磁磚，每一個磁磚有三十公分，這艘船有十格那麼長，那已經比觀光大池那幾艘救生艇還要大了。

「爸爸，這麼大的船，這麼多零件，真的每一片木板，都要自己裁切嗎？那要弄到什麼時候呀？」

「就慢慢弄吧，我會再加快腳步，說不定你的小船還沒拼好，我就已經把一千多片木料，通通裁好了呢！」爸爸說得很有自信。

6

玫瑰公主號

我和爸爸

花了一個多月的課餘時間，才把我的生日禮物組合好，那是一艘非常精緻漂亮的船，船內部分成兩層，底層隔成許多小空間，頂層有十根桅杆。當作品完成之後，爸爸高興的誇獎著：「你的手真巧，許多細

小的部分都能做得牢固，我想假如是我來組合，都沒有這麼好！」

「爸爸，你都幫我組這個生日禮物，那我也來幫你組合『我們的船』吧！那艘船的木片，都已經完成了嗎？」

「喔，那艘船呀，還要再等一等。爸爸的木工是無師自通，雖然買了鋸木機，但是畢竟不是專業，有時就算畫好了，裁出來還是有點誤差……」

「那怎麼辦？」

「事情最後總會解決的啦！假如真的不行，那麼可以等你長大再試著做做看呀！」

「爸爸，你為什麼那麼想要造那艘古船？」

「有那麼長的時間，我都在船上工作，我覺得船真是人類最偉大的交通發明。現代人造船，可以靠各種不同的科技和工具，古代人怎麼造船呢？除了文獻中，以前還真的找不到圖畫資料呢！這本不知是真是假的書，竟然還有圖解，我一定要把它完成！」

爸爸看了看我，開玩笑的說：「小舫，也許這是後代的『偽書』，也許到最後我們造出來的船，根本沒辦法航行。不過，假如我一直到老了，都還沒完工，你願不願意接著做呢？」

我毫不猶豫的說：「會，我會像『愚公移山』的故事一樣，一定要把這艘船完成。」

「太好了，現在我要升你為我們這艘船的『大副』！大副很重要的，平時在船上，船長只負責決定『最重要的事情』，大副才是決定『大部分的事情』，那可是勞心又勞力的人。」

「爸爸，我們的船已經有船長、大副了，可是要叫什麼名字呢？」

「你想叫什麼名字？你可以用『最重要的人』的名字，或者選一件『最重要的事情』來命名。我猜鄭和的『寶船』，大概也是用他名字中的『三寶』來取名吧！」

最重要的人……我腦子出現媽媽的笑容。

「爸爸，我們用媽媽的名字好嗎？這樣，當我們駕著船去冒險的時候，就好像帶著媽媽一起去一樣。」

「好啊，好啊，我覺得這樣真好！」

媽媽的名字是「玫瑰」，我和爸爸討論之後，決定把這艘船取名「玫瑰公主號」。

一直到快放暑假了，「玫瑰公主號」的零件，都完成不到一百片，爸爸裁壞了很多木頭，雖然他還是充分利用這些不能用在船上的木頭，做成擺置古董的架子、盒子，但是眼看著時間越拖越久，確定能用的零件卻還是不到十分之一。我有點著急，爸爸的工作很忙，很多人請他烘焙咖啡，原本每天他都能找到一些時間裁幾個零件，後來常常忙得連機器都沒啟動。

放暑假的第一天，爸爸烘豆子烘得滿頭汗。睡過午覺之後，看到我正在看書，他說：「第一天放假，我們到外頭散散步吧！」

為了完成「玫瑰公主號」的零件，爸爸已經很久沒有休息了，我點點頭，兩人各騎一部腳踏車，在腳踏車專用道上並排騎。

「爸爸，古時候的人真是討厭，為什麼不把『設計圖』畫好，讓後代人可以照著做呢？」

「你聽過『祕方』吧？以前的師傅在教徒弟的時候常會留一手，一代傳一代，許多『祕方』就這麼被帶進了墳墓裡，非常的可惜。古代的工藝也常這樣，許多古書都記載著鄭和下西洋的船隻，有趣的是這些書本寫的都不大一樣。你看，連正確的尺寸都不清楚，怪不得鄭和的船艦是什麼模樣，現在的人很難說得清楚。」

「那麼，你找到那本古書附錄呢？是不是真的？」

「我也不知道呢，所以我在換算成『玫瑰公主號』時，也不完全參照上頭的尺寸。鄭和下西洋畢竟是六百年前的事情了，關於船的尺寸、船可以載多少人、船可以走多快，許多書中都有資料，卻是好幾個不同的版本，要相信哪一個才好呢？」

我們一邊騎一邊聊，來到里長伯家門口。

「嗨，里長伯！」我們跟里長伯打招呼。

「小舫，你放暑假了吧？要不要來划划看我新改良的船？」

里長伯把原本斑斑鐵鏽的船，漆成亮麗的黃色。

「呵呵，好啊，好漂亮，漆成這麼鮮豔的顏色，現在就像是『香蕉船』。」爸爸一看到船就這麼說。

「我可不是只有改變顏色，你還記得之前我的鐵殼船，下水之後會怎麼樣嗎？會搖搖晃晃的，感覺很不穩，對吧？」

「對呀，你怎麼改呢？」

「我在水中試了幾次，後來發現船頭和船尾的重量不能相等。我叫我兒子重新焊接，現在我把船頭做得小一點，翹一點；船尾卻是胖一點，圓一點。這種稍稍翹起的造型，讓船一放進水中，就能平平穩穩的。」

「真的？」爸爸在鐵殼船旁仔細的看了又看，「真的耶，跟原來的就差那麼一點點，這樣真的就不會搖晃了嗎？」

「你不信，我們等一下就去划划看！」

「下次好了，我們還要回我爸爸媽媽家吃飯呢！里長伯，你真是好命，又這麼孝順的兒子，你叫他改他就改，而且還改到好。」

「哈哈，哈哈，我這孩子是老么，小時候不愛讀書，當時我就說：『你再不認真讀書，以後就當黑手！』我這麼嚇他也沒用，他還真的當黑手，只是這個當黑手的孩子現在住得離我最近，不像他哥哥姐姐都跑到國外去了。」

「當黑手好呀，現在技術出頭，能學一技之長最好。」

「我也這麼想，他哥哥姐姐在國外工作，錢好像也沒他賺得多，又離鄉背井，還真是辛苦。對了，假如你需要銲接什麼，找我兒子准沒錯，我會叫他給你打折。」

「好啊好啊，我最近想找的是木工師傅，你兒子有沒有認識靈巧的木工師傅？」

「木工師傅？」里長伯歪著頭沉思著。

「啊，那一次你不是救起一個國中生嗎？那個王先生就是啦，王先生雖然六十出頭了，但是他還有在做，我幫你問一問。」

不到一個星期，里長伯就帶著很久之前到爺爺奶奶家拜訪的王先生到古鏡書屋來，爸爸拿出自己手繪的草圖，跟王先生討論。

「我想拼出一艘船，但是我的工具不足，時間不夠，圖上有一千多個零件，我現在卻只做好不到一百個。」

「已經做了一百個？讓我看看。」

王先生跟那天的模樣完全不一樣了，那一天的他因為孫子而激動的流淚，現在的他看起來學有專精，說起來頭頭是道。

我們以為王先生很快就會說：「好，我幫你們裁。」沒想到他一片一片的檢查爸爸已經裁好的零件，一邊看一邊皺眉頭。

「抱歉……」從王先生嘴裡說出來的話，竟然是「抱歉」？

「怎麼了？」

「你這些通通不能用呀！」

「為什麼？」

「你每一片都裁得太方方正正了。」

「什麼？」我跟爸爸同時叫了起來，「方方正正」不是優點嗎？

「你說這是要造船的，船不是要從底部慢慢上來嗎？要有圓桶一樣的船身，對吧？所以你在裁切的時候，不能完全平放，不能裁成上下完全一樣的尺寸。你看……」王先生舉起其中一片，湊到爸爸眼前：「你這塊切得這麼正，按照你的木料，這船會拼不起來。」

「可是……，為什麼做給小孩的那個更小號的，卻可以拼出來？」

爸爸要我把我的生日禮物拿出來給王先生看。

王先生也是認真的看著已經拼好的船隻，他指著其中兩片木片的接縫說：「這是用保力龍膠還是什麼黏的嗎？這艘船的尺寸小，保力龍膠有點厚度，正好讓木料上下切面有一點點差別，所以，你這個可以拼出來。」

但是到真正大的船，你這麼裁，拼不出船身啦！」

那怎麼辦呢？都已經裁好快一百個零件了，難道都不能用嗎？

「到底上下要差多少？」

「很難講啦，我都是一邊做一邊想，這是經驗啦，我通通幫你重新裁好。」

「好的，好的，那就麻煩王先生了！」

「不過，你現在用的木料也不行。」

「木料也不行？」

「你現在用的都是新木，新木下水還會有誤差，不如找老船木、舊船木……」

「怎麼說呢？那些木料不是都泡過水嗎？會不會比較容易腐朽？」

「哪裡會？假如會，我就不敢跟你說了。以前的人比較老實，以前的船就只能用木頭，選用的木頭都是上好的，那些木頭泡過海水、晒過太陽，又經歷過那麼多年，簡直是跟鐵一樣硬了。」

聽王先生這麼說，我們都佩服得很，爸爸趕緊說：「好吧，那就麻煩王先生幫我訂老船木吧！」

「不過……」聽到王先生又說「不過」，這次我也有一種「繃緊神經」的感覺。

「裁好的零件，你怎麼組裝呢？組裝之後，假如還有誤差要調整，你要怎麼弄呢？你有那麼多美國時間嗎？假如組裝好之後，你這東西比你家大門還寬一點，你要怎麼運出大門？」

王先生說的每一個都是問題，這些問題我們之前都沒想過。對呀，一千多個零件，三公尺長、一公尺多寬的船身，還有桅杆，組裝好之後有多大呀，恐怕連家門都出不去呢！

「我原本想一部分一部分做好，搬到院子裡組裝，不過聽你這麼說，好像行不通，對吧？」王先生的「連環問」，似乎把爸爸也問倒了。

「鄭先生，不如這樣吧！我認識幾個木工師父，你把草圖交給我們，我幫你找地方裁切木料，組裝完成，你隨時去看去監工。東西做好之後，可以直接運到水邊試放，也可以用車子運到你家後院……」

「好好好，這樣最好了！」

看到王先生跟爸爸談妥了，里長伯這才說：「原來你要的木工師傅，要做的是木船，那你找王先生就對了。他一直都負責製作龍舟，每年都有人搶著請他幫忙呢，你找他做這件事就對了。」

聽到里長伯這麼說，我跟爸爸都鬆了一口氣。

那一千多個零件，似乎永遠也裁切不完、裁切不好的木頭，已經快變成我們兩人的惡夢了，我們誰都沒有「算了！誰規定一定要做一艘船」的念頭，可是又因為事情似乎永遠無法達成而有點洩氣，王先生的出現還真的救了我們呢！

送走王先生，爸爸忍不住嘆了一口氣：「枉費我長年在海上，居然沒想到這些細節，造船怎麼能在家裡造呢，我們家原本的場地，還真是不適合，造船，應該在造船廠才對！」

「爸爸，你去過造船廠嗎？」

「當然去過啦！只是現在什麼都是機械化，工人可以把船體吊起來慢慢組裝、檢修，以前，很早以前，造船真的是大工程。」

我知道，只是我很難想像。爺爺說故鄉泉州在鄭和下西洋之前，就已經是非常發達的海港，這裡在隋唐時代，就已經開始「造船」了。爺爺說他看過那些古船塢的遺址，看起來就像在地上挖一個深深的洞。船塢一端是閘門，一端通往大海或河川，造船時先把裡頭的積水抽乾，讓工匠可以爬到最底下工作。等船完工了，打開兩端的閘門，往洞裡放水。等江海河川的水也漲上來時，這艘船就可以順利出航了。古時候的人真是聰明啊！當我們真正嘗試用自己拼裝的方式復原古船，才發現是這麼不容易，更加佩服古人的智慧。

王先生每隔幾天，就跟爸爸報告工作進度，他買了一批古船木，找到一個靠近海港的工廠，請他熟悉的工作夥伴一起趕工。暑假中，爸爸不時會帶我去看看。

王先生真的是專家，為了完全參照爸爸設計圖繪製的製作方式，整艘船幾乎沒用到「鐵釘」，木片與木片之間的連接，用的是非常費功夫的「榫頭」，爸爸看到那些一分也不差的榫頭，下巴差點沒掉下來。他很感動的問：「王先生，你通通這麼幫我做嗎？」

「對呀，是費了點工，而且要計算得很清楚，不然浪費了材料就可惜了。」

「你用的是這樣的工法，我看我得給你加工資了吧？」

「不用不用，就照原來說好的。那時你救了我的孫子，我一直想回報你，聽到里長伯告訴我你想找木工師傅，我真高興能幫上你的忙。」

大人們在交談的時候，我喜歡走近「玫瑰公主號」，摸著那古老斑駁的船身，看著它一點一點的出現了輪廓。「玫瑰」我輕輕念著船名，念著媽媽的名字，覺得媽媽好像又回到我的身邊。

7

地圖上的記號

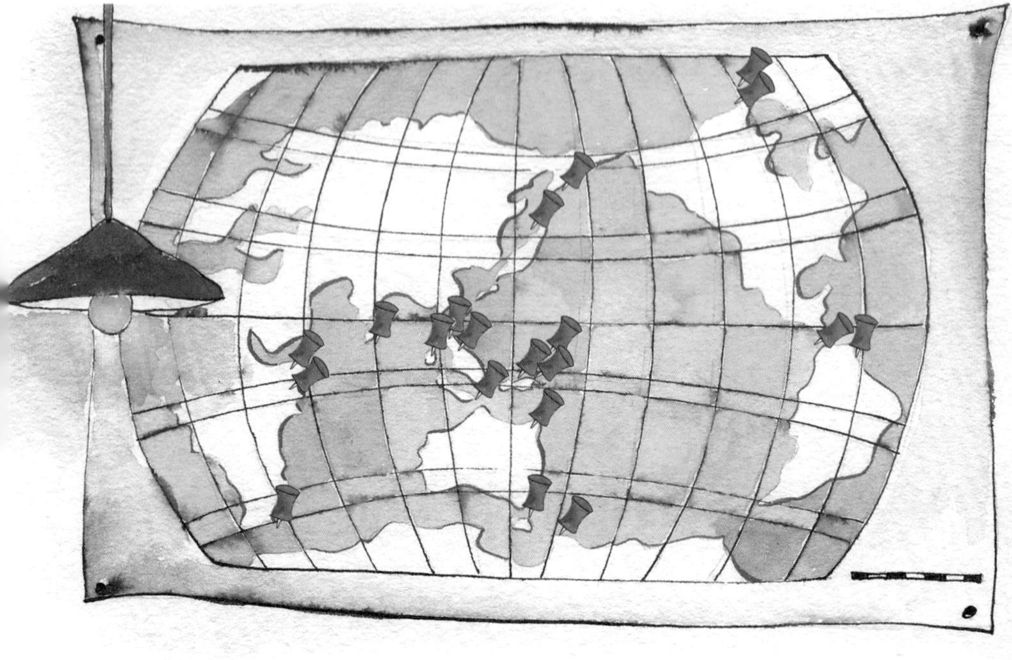

二樓爸爸的工作室，有一幅幾乎佔了一整面牆的世界地圖，上頭爸爸用紅色的大頭圖釘，釘了他去過的海洋、國家、港口，紅色圖釘密密麻麻的，爸爸用一個一個的圖釘，記下自己到過的地方。我笑說爸爸這好像「打卡」，去過了就要做個記號。

爸爸說，等我們的「玫瑰公主號」正式啟航之後，他會用我最喜歡的顏色，在這張地圖上做記號。

玫瑰公主號可以跑多遠呢？我曾在遊樂場坐過那種小遊艇，也曾坐過淡水往八里的渡輪，那些都用了油氣動力，船一邊往前，後頭就有一道冒著泡泡的水花。記得爸爸沒有在玫瑰公主號加上什麼馬達設備，那麼這艘船可以走多遠？

聽了我的問題，爸爸笑著說：「船能走多遠，不是看它攜帶了多少油料，設備多新穎，其實是看船上的人，有多大的意志力。你看那些發現新航線、新大陸，在海洋開疆闢土的人，全都經歷過海上各種的危急狀況，只不過他們能堅持到最後，所以得到想要的東西。」

「爸爸，這說不通呀！大海隨時可能吞噬生命，對吧？那些人怎麼都不怕呢？」

「人類能越來越進步，大概就是靠這種『敢冒險』的行動吧！台灣有些原住民，發現自己的語言、文化跟菲律賓、馬來西亞、馬達加斯加、大洋洲等有些關連，你知道為什麼會這樣呢？」

「難道他們都來自同一個地方？」

「對！就是這樣！我曾讀過很多新聞，那些被困在獨木舟上的人，就只憑著自己的一雙手划槳，划了幾千里。很多專家推測，當時這些原住民其實都來自同一個源頭，他們勇敢、愛冒險，所以常只划著獨木舟就出海，來到陌生的地方，就在那裡落地生根了。」

也許是因為我們正試著重建一艘古船，假期中我留意跟古船有關的消息，也在探索頻道看了很多跟航海有關的影片：

半個世紀前，有艘「自由中國號」的古老木製帆船，載著五個帆船高手，從基隆港出發。他們就這樣靠著風帆的力量，經過一百多天，駛到美國的舊金山……

幾年前，一群古船迷，仿照明末清初的戰艦形式，製作無動力的「太平公主號」。這也是一艘得靠風帆行駛的帆船，打算花將近一年的時間，橫渡太平洋，展開美洲之旅……

儘管這些冒險的人，全都安全的抵達了目的地，我還是無法想像這些人為什麼要這麼做。在古代，東方的鄭和有七次下西洋，是為了宣揚國威；西方的「大航海時代」，是為了開發新的土地、資源。那麼這些復原古船，體會古代行船的人們，他們為了什麼冒險踏上未知的路？他們為什麼要選這麼危險又麻煩的方式跟大海對話？用最堅固的材料、最先進的科技，製作最安全的大船，像爸爸之前工作的貨輪一樣，坐在這種船上不是更安全嗎？

看著影片中那些在船上接受採訪的航海人，他們得自己駕駛著船隻，在汪洋中鼓浪前行。對他們來說，航海不是一趟豪華郵輪之旅，而是探索與冒險的開端。他們晒得黝黑，卻笑得開懷，迷人的海洋，展現種種不同的風貌，安撫了他們的思緒，也讓他們有更寬更廣的想像。所以即使得離鄉背井，還是有許多人願意如此親近海洋，挑戰自己對未知與冒險的極限，就像爸爸一樣。從前的他忍受著對陸地、家人的思念，投向海洋的懷抱；現在的他還是忘不了之前與海洋的相依相親，還是嚮往那種自由自在、破浪前行的暢快！

暑假剩下一個多星期時，王先生的電話來了：「你的船再三天就完工了，可以準備新船下水典禮了！」

爸爸接到電話，從二樓就扯開嗓門大喊：「『玫瑰公主號』要下水了，我們開香檳吧！」

我看過爸爸傳回來的影片，他們參加國外大船下水首航的命名典禮，大家穿著正式的衣服，主持人還朝著船頭擲一瓶香檳，爸爸說，那瓶香檳一定要不偏不倚的擲中船頭，而且香檳瓶要破了才好，不然會有厄運的。萬一丟不中怎麼辦？我可不想要厄運！

「呵呵，小舫，你還真是顧慮周全，其實，更早以前，新船下水命名典禮是要『灑血祭拜』的，那場景才嚇人了，那時的人深信，只有以鮮血祭拜海神，船員才能平安歸來。」

「有沒有別的方法呀？鮮血太恐怖了，香檳又擔心反招來厄運，我可以自己設計新船下水典禮嗎？」

「當然可以！你還記得小剛叔叔嗎？」

「我記得呀，黑黑的，歌聲很好。」

「小剛叔叔是阿美族人，他們部落的新船下水典禮，好像聖誕節一樣。船長會在新船附近的高處，丟出紅包、麻糬，讓大家一起搶奪。他們的典禮歡迎大家一起來，有越多人來搶代表有越多的魚群，他們最大的願望就是出海之後，可以有滿滿的漁獲。」

「這個我喜歡，我喜歡紅包，也喜歡麻糬！」

「好吧，我們也來這麼做，一定會很有趣！我本來以為只有原住民會有這麼傳統的習俗，沒想到在南方澳、八斗子那一帶的漁船下水，也是這麼丟麻糬、包子、點心，也是希望有許多人一起來祝賀。」

「好啊，我把消息告訴同學，請大家都去，這樣可以嗎？」

下水典禮訂在五天後，正好是週末。除了我們全家，里長伯幾乎幫我們邀請了全社區的人，爸爸最是厲害，他連最難說服的爺爺，都能說得動，爸爸怎麼做到的呢？

「我就是軟硬兼施呀，這有什麼難的。」爸爸聳聳肩，似乎不覺得自己完成了一個大家眼中的「不可能的任務」。「你上學時，我有空就去跟他吃中飯，我聽他說自己的故事，我拐彎抹角的，想盡辦法跟你爺爺多聊聊。」

「你們以前都不聊天呀？」

「以前根本沒機會聊！我聽你爺爺說得越多，越是發現了真相。這才知道爺爺小時候住的地方，根本就是海邊，他們小時候的遊樂場就是海裡頭，那些地方出生的孩子，也許還沒走得很穩，就可以游得很快呢！」

「原來爺爺以前是游泳高手？」

「絕對是的，說不定比我們兩個都游得更好。」

「爺爺有沒有說，他為什麼那麼不喜歡大海？」

「有啊，爺爺說自己跟你差不多大的時候被『抓丁』，害他書也沒好好讀，也不得不離開家人。那段在海上孤獨漂流的記憶，對他來說太難忘記，又太不願意想起……假如我的遭遇也跟你爺爺一樣慘，我想我也會把海洋看成禁地。很幸運的，我在海上的生活，都過得很愜意，只除了常常想念你們……」

那段可怕的經歷，讓原本把海洋看成家中後花園的爺爺，居然有大半生，不肯再聽到、再想到關於海洋的一切，這真是讓人遺憾呀！

爸爸翻了翻月曆，提醒我說：「王先生會幫我們租一個碼頭，我們的船會先運到那裡，然後選定良辰吉時，我們再進行新船儀式。儀式結束之後，直接『大船入港』，我們就可以啟航了！對了，人家送麻糬是希望『漁獲滿載』，我們祈求什麼？在下水典禮時，你要在心裡默念著……」

「讓我想一想，我一定會想一個最棒的願望。」

我們買了好吃的麻糬、巧克力、米糕，準備了漂亮的紅包，裡頭有一張貼著十元硬幣，寫著「十全十美」的卡片。我們這麼急切的希望那一天趕緊來到，沒想到一個不速之客，也急著趕來參加。

下水典禮前兩天，外頭開始飄雨，一個還在很遠很遠地方形成的第十二號颱風「蘿絲」，已經為我們這裡帶來雨水。這個颱風的路線詭譎多變，台灣、日本和美國的氣象專家，居然都畫出不同的行進路線，其中，有兩個地區的專家看法相同，認為颱風應該是從巴士海峽掠過，不會有什麼影響。

外頭風雨越來越大，明天就是我們預計「下水典禮」的日子，只是氣象局遲遲不發布颱風警報，也沒有什麼「停止上班上課」的公告。好幾箱的麻糬、點心，已經送到「古鏡書屋」了，我們盯著電視，一會兒看這一台，一會兒看另一台，颱風最後會怎麼走，氣象播報員都非常保守的說：「還要等颱風更接近才能判斷。」

颱風會來嗎？不到二十四小時之後的儀式要取消嗎？我們的邀請函發了，點心訂了，什麼都準備好了，難道要在最後關頭，跟那些也抱著好奇心，期待看到新船下水典禮的朋友說：「抱歉，改期吧！」

下午四點多，外頭的雨持續著，沒有明顯的變大，也沒有明顯的變小。許多答應參加儀式的親友，陸陸續續打電話來問明天的狀況，有的說還是延期比較保險；有的卻說，好幾次氣象局繪聲繪影的說會有多大的災情，人事行政局也宣布放假了，但颱風卻忽然無影無蹤，讓大家平白多休息一天。

五點鐘，天色變暗了，爸爸看著窗外，淅瀝淅瀝的雨始終沒停，爸爸說：「小舫，我們還是取消吧！風雨天中，做什麼都不方便，好好的儀式也會變得掃興，你的媽媽假如在的話，她一定也會勸我取消活動，延期再辦。」

這些年，我總覺得爸爸似乎為了怕我傷心，很少主動提到媽媽；我怕爸爸擔心，也幾乎不會談起媽媽，爸爸偏偏在這個時候提起。

「你知道嗎？現在想想，我一直在外頭工作賺錢，努力讓你們過得更好，但有件事情還真的做錯了。」

「是什麼？」

「你媽媽的身體，並不適合生孩子，她原本不想結婚的；我則是因為和爺爺的關係一直不太好，我年輕時的想法也是不結婚，或是結了婚也不要孩子。可是你出生之後，是那樣的可愛，我們大家都愛你，我也曾經想轉換跑道，調回公司當行政，不要再出海。」

「爸爸，你當時要是這麼做，多好……」

「對呀，只是大概是你三四歲那一年，你媽媽又懷孕了，她不顧自己的身體，想為你添個弟弟或妹妹，只是她的身體實在太差了，我不想讓她再受苦，決定不要那個孩子……假如，那時我照她說的，跟運氣賭一把，家中有兩個孩子陪伴著她，說不定她會更開心些。」

爸爸說出這段我完全不知道的「故事」。

這天的晚餐，我們沒有到爺爺奶奶家吃飯，因為颱風竟然登陸了！天地一瞬間變色，狂風夾帶著暴雨，每當風雨吹襲時，似乎整個家都跟著搖動。

一樓外頭發出哐啷哐啷的聲音，每隔一陣子，就好像有什麼破掉一樣，我們待在三樓，爸爸不時得下樓查看，他似乎擔心一樓的落地窗會被強風吹壞，眉頭緊緊的鎖著，一臉的嚴肅。強風像轟炸機一樣，從高處俯衝而下，「啪」的一聲，屋子裡陷入了黑暗，我們這一區停電了。一樓又傳來哐啷哐啷的聲音，爸爸想下樓，我拉住他：「爸爸，不用去了啦，媽媽總是說，東西會被吹壞就是會吹壞，人平安就好……」

「以前颱風時，你們都怎麼過的呢？」

「我們就待在三樓，三樓總是最安全的，假如沒停電，我們就繼續看書、看電視，假如停電，我們就早一點睡覺。媽媽總是說，該來的總會來，該走的就會走，與其擔心一整夜，不如安心的睡得飽飽的，這樣明天假如要整理，也才會有力氣整理。」

爸爸原本緊皺的眉頭鬆開了：「小舫，謝謝你，你為我上一課了。是呀，該走的就會走，我們就放輕鬆的等颱風離開吧！」

爸爸點起了一根蠟燭，四周是最深最深的黑，這團小小的燭光，居然能讓整個屋子都亮了起來。

「小舫，假如颱風沒來，你想做什麼？」

我歪著頭想了想：「……我嗎？我當然希望能進行我們的『新船下

水典禮』，我等這一天已經等很久了，突然說要延期，讓我想到『三鼓而竭』那個成語！」

「哈哈，你怎麼也跟我想的一樣呢！不如這樣吧，那個儀式中，你最喜歡哪一部分？我們先在家裡玩玩看。」

「我喜歡船長從高處向客人灑紅包、麻糬那部分，我想感受一下當船長的風光……」

「好啊，我們先拆開一小袋，當作練習，讓你先練習怎麼當船長。」

我真的拿起一小袋點心，坐在三樓往四樓的樓梯上，從那兒把點心慢慢往下灑。爸爸在底下像個八腳章魚，兩手不停的接住我灑下的東西。麻糬比較重，一下子就往下落，爸爸幾乎每個都接得住；紅包紙袋輕飄飄

的，爸爸像有武功的人一樣，一會兒東邊現身，一會兒西邊出現。我們玩得非常開心，直到爸爸說：「夠了夠了，我好像已經跑了好幾公里了。」

我靠在爸爸身邊，坐在同一張沙發躺椅上。爸爸說：「小舫，你知道颱風的名字吧？我總覺得這個颱風，是你媽媽的化身，她想來看看我們……，我真希望就是這樣，假如她看到我們現在的模樣，一定會非常的安心。」

對呀，我怎麼沒想到呢？這個第十二號颱風，名叫「蘿絲」，英文名稱是Rose。Rose，玫瑰！怎麼這麼巧，這個颱風名字實在太過於巧妙了。這是媽媽過世之後，第一個直接影響本地的強烈颱風。儘管外頭狂風暴雨，我緊靠著爸爸，覺得溫暖又安全，我覺得自己好像在柔軟的搖籃裡，不知不覺進入了夢鄉。

睡夢中，我們那艘「玫瑰公主號」，正揚起風帆，帶著我們駛向一望無際的藍。船上，爸爸、媽媽圍繞著我，非常非常的近，我許下了新船的祈願：希望我們一家人的心，不管在天上人間，永遠不會分離……

九歌少兒書房 228

啓程吧！玫瑰公主號

著者　鄒敦怜
繪者　劉彤渲
責任編輯　鍾欣純
創辦人　蔡文甫
發行人　蔡澤玉
出版發行　九歌出版社有限公司
臺北市105八德路3段12巷57弄40號
電話／25776564　傳真／25789205
郵政劃撥／0112295-1
九歌文學網　www.chiuko.com.tw
印刷　晨捷印製股份有限公司
法律顧問　龍躍天律師・蕭雄淋律師・董安丹律師
初版　2013（民國102）年9月
定價　260元

書號　0170223
ISBN　978-957-444-898-2
（缺頁、破損或裝訂錯誤，請寄回本公司更換）

國家圖書館出版品預行編目(CIP)資料

啟程吧!玫瑰公主號 / 鄒敦怜著 ; 劉彤渲圖. --
初版. -- 臺北市 : 九歌, 民102.09

面 ;　公分. -- (九歌少兒書房 ; 228)

ISBN 978-957-444-898-2(平裝)

859.6　　　　102014166